DIMA WANNOUS

DUNKLE WOLKEN ÜBER DAMASKUS

ERZÄHLUNGEN

AUS DEM ARABISCHEN VON LARISSA BENDER

MIT EINEM AKTUELLEN VORWORT DER AUTORIN
UND EINEM NACHWORT DER ÜBERSETZERIN

EDITION NAUTILUS

Die Originalausgabe des vorliegenden Buches erschien 2007 unter dem Titel *Tafâsîl* (»Details«) beim Verlag Al-Mada in Damaskus.
Alle Koranverse zitiert nach der Übersetzung von Hartmut Bobzin.
Anspielungen und arabische Begriffe werden in einem Glossar auf Seite 125 erklärt.

Edition Nautilus Verlag Lutz Schulenburg
Schützenstraße 49 a · D-22761 Hamburg
www.edition-nautilus.de

Deutsche Erstausgabe November 2014
Umschlaggestaltung: Maja Bechert, www.majabechert.de
unter Verwendung eines Fotos von Larissa Bender
Druck & Bindung: Freiburger Graphische Betriebe
1. Auflage
Print ISBN 978-3-89401-796-5
E-Book EPUB ISBN 978-3-86438-162-1

Vorwort der Autorin

Vor einiger Zeit las ich zum ersten Mal seit seinem Erscheinen im Jahr 2007 meinen Kurzgeschichtenband *Tafâsîl*, und bei jeder der neun Geschichten überkam mich ein seltsames Gefühl, das zwischen Neugier, Erstaunen und Selbstironie schwankte. Ich las mich sozusagen selbst, wie ich vor nur sieben Jahren gewesen war! Sind seitdem wirklich nur sieben Jahre vergangen? Wenn mich Freunde fragen, wann der Band erschienen ist, antworte ich ohne zu zögern: »Ich weiß nicht genau, vermutlich vor elf Jahren oder etwas mehr.« Dieses irrige Zeitgefühl ist das Resultat der syrischen Revolution, die im März 2011, also vor dreieinhalb Jahren, begann. Die bitteren Erfahrungen, die die Syrer innerhalb dieser wenigen Jahre machten, kommen der Erfahrung eines ganzen Lebens gleich, einer Zeitspanne von vielen Jahren. In dieser Zeit haben die Syrer ausschließlich Schmerz erlebt, Enttäuschung, Frustration, Trauer, Hunger, Verlust, Angst, Abwarten, Vertreibung und Erniedrigung. Es waren

Jahre der Gewalt und Bitterkeit, wie sie ein Mensch vielleicht in seinem gesamten Leben erfährt. Die Last, die ein jeder Syrer heutzutage schultert, ist unter normalen Umständen auf viele Menschen und lange Zeiträume verteilt.

Beim Lesen der Geschichten habe ich eine Zeit wieder heraufbeschworen, die ich hasse und viele Syrer ebenso, denn sie war geprägt von Kälte und Härte. Diese Kälte, die wir angesichts der uns heutzutage von allen Seiten umgebenden Gewalt vergessen haben, war das Resultat des Lebens in einem Land, dem wir nicht ähnelten und das uns nicht ähnelte. Heute rührt die Kälte aus einem Leben außerhalb dieses Landes, das begonnen hat, uns zu ähneln und dem wir nun ähneln! Ich weiß nicht, ob ich mich verständlich ausdrücke. Ich sehne mich jetzt nach meiner Stadt, meiner Wohnung, meiner Straße, meinen Freunden, aber ich sehne mich nach ihnen so, wie sie heute sind, nicht, wie sie früher waren. Auffallend dabei ist, dass die drei Jahre der Revolution diese Zeit aus unserer Erinnerung ausgemerzt haben und dass wir nun ausschließlich in der Gegenwart leben. Als gäbe es nichts anderes in den Windungen unseres Gehirns als das Jetzt. Als bestände unser ganzes Leben aus der Gegenwart. Wir haben vergessen, dass das Leben leer war, dass wir schliefen, um aufzustehen, und aufstanden, um den Tag hinter uns zu bringen und um am Ende wieder zu schlafen. Alle Ausdrucksmöglichkeiten waren verboten. Und dieses Verbot floss durch unsere Adern und hatte sich in unseren Poren festgesetzt, so dass wir lebten, als seien wir angekettet, wir bewegten uns schwerfällig, standen morgens müde und erschöpft von der Leere auf, ohne einen Funken Begeisterung in den Augen, kleideten uns an, als wollten wir die Abnutzung unserer abgestumpften Haut verbergen, und verließen in einem lästig monotonen Rhythmus das Haus.

Auch wuchs während des Lesens in mir die Überzeugung, dass die Sehnsucht, die mich von Zeit zu Zeit nach jener Phase meines Lebens befällt, nichts anderes ist als eine vorübergehende Schwäche. Ich bin immer mehr davon überzeugt, dass die Revolution entfacht wurde, um alles auszulöschen, was vorher war, auch wenn die Revolution selbst durch ausländische Interventionen und Bewaffnung von ihrem Weg abkam. Es ist und bleibt trotz allem eine Revolution.

Allerdings ist sie meiner Meinung nach bereits zu Ende. Aber nicht, wie manche behaupten, weil es gar keine Revolution war, sondern ein Bürgerkrieg. Nein, falsch. Die Revolution ist meiner Meinung nach zu Ende, weil sie ihr Ziel erreicht hat. Die Mauer des Schweigens wurde durchbrochen und zerstört, und niemand wird sie wieder aufbauen können. Weder das verbrecherische Regime noch ISIS, der optimale Partner des Regimes bei der Verübung von Verbrechen. Auch hat die Revolution das Schicksal aller Syrer verändert. Sie ist in ihre Seelen eingedrungen und hat mit ihrem Leben gespielt. Und dieses Spiel ist das Gegenteil der Stagnation, die die Syrer über Jahrzehnte erlebten, seelisch wie körperlich. Auch diese komplexe Dualität von Seele und Körper hat sich verändert. Denn dem Körper jener Seele, die sich über Jahrzehnte unterwürfig ergeben hatte, wurde kein so großer Schaden zugefügt wie dem Körper des rebellischen Geistes. Der Rebell musste die unterschiedlichsten Variationen von Folter erleiden, wobei ihm keine Grausamkeit erspart wurde. Und heute ist der Körper des rebellischen Geistes Bombardements, Giftgasangriffen, Tod, Folter und Fäulnis ausgesetzt. Aber es ist ein Leiden anderer Art, ein Leiden für das Leben, während es früher jahrzehntelang ein Leiden für die Absurdität war, und für die Ewigkeit, nämlich die Ewigkeit des syrischen Regimes.

Was mag wohl aus den neun Personen der Geschichten nach der Revolution geworden sein, habe ich überlegt. Es war eine spannende und gleichzeitig schmerzliche Erfahrung. In ihren Tagebüchern zu stöbern und sich vorzustellen, welches Leben sie nun führen würden, ließ vor meinen Augen die tragische Realität erstehen, in der die Syrer heute leben. Wer von ihnen mag sich vom Regime losgesagt haben und wer wurde zu einer Bestie, die das systematische Töten der Assad-Maschinerie verteidigt? Wer von ihnen hat Syrien verlassen? Und wer ist geblieben, weil er entweder keine Möglichkeit zur Flucht hatte oder kein Geld für ein Flugticket? Ich stellte fest, dass die Korrupten noch korrupter wurden, und diejenigen, die ein Gewissen hatten, sich der Revolution anschlossen. Für sie begann das Leben am 15. März 2011, ein hartes Leben, sicher, aber mit einem Hoffnungsschimmer am Horizont.

Es stellt sich aber auch die Frage: Was ist mit den Syrern passiert? Wir können meiner Ansicht nach nicht über die Zukunft Syriens nachdenken, ohne die Beziehungen der Syrer untereinander zu analysieren. Die Protagonisten der Kurzgeschichten sind typisch syrisch, sie repräsentieren verschiedene Schichten der syrischen Gesellschaft, die zwar miteinander lebten, aber nichts übereinander wussten. Jahrzehntelang lebten die Syrer in ihren eigenen vier Wänden, ohne zu wissen, was dahinter vor sich ging. Die Basis der Beziehungen war ungesund, und der Beweis dafür ist, dass wir alle zusammen am gleichen Tisch aßen – wir und jene Syrer, die nach dem Beginn der Revolution zu Mördern wurden! Aber wird denn ein Mensch ganz unvermittelt zum Mörder? Haben wir die Anzeichen der Brutalität auf dessen Gesicht nicht wahrgenommen? Haben wir nicht gesehen, wie in jenen Menschen, die vor nicht allzu langer Zeit unsere Freunde gewesen waren, kleine Verbrecher heranwuchsen? Ja, viele unserer Freunde haben seit dem ersten Tag der Revolution das Regime unterstützt. Die Beziehungen zu ihnen brachen ab, und ein solcher Bruch ist keine einfache Sache. Die Revolution hat Risse in der Gesellschaft verursacht, die Tag für Tag tiefer werden. Scheidungen und das Auseinanderdriften von Familien und Freunden waren die Folge. Die Prinzipien und Werte, an die wir jahrelang geglaubt hatten, haben ihre Bedeutung verloren. Doch halt! Dieser Zusammenbruch der Werte war notwendig. Da ist eine Stille, eine tödliche Stille. Ein Zusammenbruch zieht eine tiefe Stille in der Seele nach sich. Und eine Erstarrung. Und das war notwendig. Nach der Stille werden die Beziehungen neu geknüpft, klarer und reiner.

»Eins eins eins, das syrische Volk ist eins!« So lautete das Motto zu Beginn der syrischen Revolution. Während ich die Kurzgeschichten wieder las, stellte ich mir vor, wie die Personen aus diesem Buch heraustreten und nebeneinander hergehen. Syrer werden eins. Mitnichten! Falsch! So einfach ist es nicht. Das syrische Volk ist nicht eins. Die syrischen Städte haben nicht dieselbe Revolution und nicht denselben Krieg erlebt. Derjenige, dessen Haus bombardiert wurde, ist nicht wie der, der noch immer ein Dach über dem Kopf hat und innerhalb von vier dicken Wänden lebt, die nicht vom Lärm erschüttert werden. Chadidscha, das Mädchen aus Idlib, das ich vor einigen Monaten in Beirut traf, hat in einem Brunnen in einer ländlichen Region die Leiche ihres Mannes gesehen, dem die Würmer aus den Poren krochen. Chadidscha ist nicht wie die anderen Syrer, die in Damaskus, Tartous und Latakia, in Beirut, in Frankreich oder sonst wo auf der Welt leben. Diese Syrer haben nicht die gleichen Erfahrungen gemacht. Sie teilen nicht die gleiche Angst, nicht den gleichen Tod und nicht die gleichen Trauerzeremonien, nicht die gleiche Art der Verhaftung und nicht die gleiche Folter. Wer in der Ghouta bei Damaskus lebt, in Homs, in Deraa, in Hama oder in Deir Al-Zor ist nicht wie jemand, der in der Hauptstadt oder in den regimetreuen Regionen lebt, die mittlerweile »das nützliche Syrien« genannt werden. Dschaafar in den Kurzgeschichten ist nicht wie Mohammed, weder als das Buch erschien noch nach der Revolution. Der eine mordet, der andere wird ermordet. In den Adern des einen kochte seit dem Militärputsch von Hafis Al-Assad die Revolution, der andere wurde erst nach Ausbruch der Revolution zum »Revolutionär« und setzte damit sein Leben als Karrierist fort, der unabhängig von seinen Überzeugungen auf jeden Zug aufspringt.

Ich bin nicht pessimistisch. Aber ich unterscheide zwischen Analyse und Wunsch. Im ersten Jahr der Revolution war ich der felsenfesten Überzeugung, dass wir sehr bald zurückkehren würden. Und dass die Lösung einfach und das Land für den Wandel bereit sei. Heute gibt es nur Zerstörung und Blut. Wenn ich mir vorstelle, nach Syrien zurückzukehren, sehe ich nur zerstörte Gebäude, Staubwolken und Leere.

Ich fürchte mich davor, über den Boden zu laufen. Der Boden ist zu einem Massengrab geworden. Der Tod scheuert an den Füßen dessen, der darüber läuft. Und wenn ein Flecken Boden sich vielleicht vor Leichenteilen von Syrern retten konnte, dann ist er verseucht von Blut und chemischen Waffen und den Überresten der Raketen und Granaten. Ich werde mein Haus suchen und es nicht finden. Ich sehe Millionen Syrer gemächlich gehen; die Gesichtszüge verschlossen, das Gesicht wächsern, suchen sie erfolglos nach einem Haus, einer Mutter, einem Vater, einem Sohn, einem Freund, einer Identität, einer Heimat. Aber da ist nur Zerstörung, Staub und Leere. Und sie füllen diese Leere nicht einmal. Millionen Syrer können sie nicht füllen. Dieser Graben, den die Militärmaschine und die Sicherheitskräfte des Regimes innerhalb der letzten dreieinhalb Jahre verursacht haben, ist schwer zu füllen. Wie Wasser und Öl mischen sie sich nicht, verhindern sich gegenseitig. Außerdem, wie kann der Mensch den Gedanken des Verlustes schlucken? Es gibt kein Haus mehr und keine Zugehörigkeit. Jeder Syrer im Ausland muss sein Leben neu aufbauen. Er muss das »Provisorium« leugnen und in ein Leben eintauchen, das die Eigenschaft des Bleibens hat. Er muss einsehen, dass »hier« gleich »dort« ist, und nicht umgekehrt. Er muss den Satz üben: »Ich komme von dort…« Die meisten Syrer sagen noch immer an den Orten ihrer Flucht und ihres Asyls: »Als der Soundso hier gewohnt hat, ist es ihm besser gegangen … Sobald er von hier weg ist, hat sich seine Situation verschlechtert.« Und das »hier« bedeutet Damaskus oder die Region, in der er in Syrien gelebt hat. Die Syrer haben sich noch nicht daran gewöhnt zu sagen: »dort«. Und ich sage, wenn ich vom Flughafen Beirut abfliege, wo ich seit drei Jahren lebe, zu meinen Freunden unbewusst: »Ich verreise für ein paar Tage. Wir treffen uns, wenn ich zurückkomme, in Damaskus.« Bis jetzt habe ich noch nicht begriffen, dass ich nach Beirut zurückkehren werde und nicht nach Damaskus. Denn Damaskus ist bis jetzt für mich mein Wohnort, nicht Beirut und kein anderer Ort.

Ich bin nicht pessimistisch, aber ich habe den Eindruck, dass ich mich schneller an Beirut gewöhnen und die Stadt als meinen Wohnort betrachten werde, als nach Damaskus zurückzukehren.

Dima Wannous, September 2014

DUNKLE WOLKEN
ÜBER DAMASKUS

Erstes Detail

جعفر

Dschaafar

Wie jeden Morgen öffnete Dschaafar mit dem Verschwinden der letzten Körnchen Finsternis die Augen. Er betrachtete die Dunkelheit im Zimmer. Jene Dunkelheit, die ihm die Luft abzuschnüren begann. Schwerfällig bewegte er seinen Körper unter der ländlich-bunten Flickendecke. Er wollte das Leben wieder spüren, sich die bedauerliche Realität nicht eingestehen. Er stieß die farbenfrohe Decke von seinem schmächtigen Körper, stand entschlossen auf und verließ das deprimierende Zimmer in Richtung Salon, wo ihn die schwere Stille lockte, geradezu rief. Dschaafar hatte sich nicht vorstellen können, dass seine Geduld noch einmal so auf die Probe gestellt werden würde. Er war 55 Jahre alt, und die Erfahrung des Alters hatte sich an seinen Körper herangemacht, jedoch kein einziges seiner dichten weißen Haare angetastet. Nun war sein Leben ganz unvermittelt von neuen Details überfallen worden, die seine strengen Gewohnheiten töteten. Auch die verführerische Ruhe im Salon war eine Erfahrung, die er noch nie gemacht hatte. Sein Tag hatte üblicherweise morgens im Büro begonnen, hinter dem Schreibtisch, auf dem sich Deklarationen, Artikel, Papierkram, Berichte und andere Dinge häuften. Dem Schreibtisch, der dreißig Jahre lang Beleidigungen, Erfolgen, Ängsten und Fußtritten getrotzt hatte. Und jedes Mal, wenn Dschaafar auf einen höheren Posten befördert worden war, hatte ihn dieser Schreibtisch voller Stolz und Liebe begleitet. Die Stille im Salon begann ihn zu erschrecken, ihn, der Stille nicht gewohnt war. Alle schliefen, nur nicht die in Kummer entflammte Erinnerung, nur nicht diese Fragen, auf die er die Antworten zwar allzu gut kannte, die aber dennoch grausam und peinlich blieben für jemanden, der seiner Arbeit geradezu verfallen gewesen war. Ganz plötzlich, während er auf seinem Lederstuhl im Büro gesessen hatte, hatte sein Blick dieses verfluchte Blatt Papier erfasst, das ihn wieder auf Anfang gesetzt hatte. Ein lächerliches Stück Papier mit einem offiziellen Stempel darauf. Es hatte ihn nach Hause zurückversetzt und ihm Details geraubt, nach denen er süchtig gewesen war. Ab jetzt keine Sonderberichte mehr, keine geheimen Erklärungen, keine Angst einflößenden Informationen, keine Macht, die seinen Namen umgab, nichts. Wie jeder andere wohlhabende Bürger würde er zwischen den Zeitungsseiten nach Nachrichten aus aller Welt suchen, und sein Gedächtnis würde sich mit den Gerüchten begnügen, die die Intellektuellen, die Opposition oder die Regierung verbreiteten.

Dschaafar verscheuchte diese vergifteten Gedanken aus seinem Kopf und ging ins Bad. Auch das Bad wirkte stickig und dunkel, ganz im Gegensatz zu jenem großräumigen Bad, in dessen Wände seine Träume eingraviert waren und dessen weiße Fliesen seine brennende Leidenschaft für die Arbeit, die Liebe und sogar die Quälerei angeregt hatte. Er sah in den Spiegel, Jahre schienen vergangen zu sein, er schien ganz plötzlich ergraut, als wäre dieses hauchdünne Blatt Papier in seine Knochen geschlichen und hätte ihn geschwächt; auch in sein Antlitz, das faltiger und fahler geworden war. Er zwang seinen Blick vom Spiegel fort, als wäre allein er der Beweis für sein Unvermögen und seine Einsamkeit.

Die argwöhnischen Blicke seiner Frau ignorierend, kleidete er sich hastig an. Seiner Frau, der dieses Blatt Papier gleichfalls Angst gemacht hatte. Die sich vor der Entbehrung gefürchtet hatte. Die Angst gehabt hatte vor jenem Tag, an dem der Platz vor ihrem Haus schreiend seine Leere beklagen würde. Selbst der Platz hatte Angst vor seiner Einsamkeit gehabt. Denn nachdem er daran gewöhnt war, unter sechs Autos ausgebreitet zu sein, verspürte er nun eine verächtliche Kälte, denn nur ein einziger Baum noch beschützte seine Nacktheit.

Dschaafar vermied es, seine auf dem breiten Bett liegende Frau anzusehen. In aller Eile verließ er das Zimmer, in seiner honigfarbenen Hose, dem grünen Hemd und den braunen Schuhen. Seine Kleider waren noch nicht gewaschen worden, noch verströmte das Gewebe den Geruch des Büros. Die zerknitterte Hose war noch nicht gebügelt und die Falten erinnerten noch immer an den Lederstuhl.

Er ging in den Garten. Betrachtete ihn, als sähe er zum ersten Mal, wie der Jasmin sich öffnete, als schnupperte er zum ersten Mal den Duft des feuchten Grases. Vor Angst, die Sonne könne ihn bedrängen und seinen müden Schatten auf der betauten Erde ausbreiten, hockte er sich in der Ecke in den Schatten der Zypresse. Dschaafars Augen kletterten die stolz aufragenden Bäume des Gartens empor, die an jenem Tag ihren Stolz eingebüßt hatten. Nachdenklich und matt stiegen sie in die Höhe, bis sie den Himmel erblickten. Nur selten in seinem Leben hatte er den Himmel gesehen, denn meist war er in weltliche Dinge versunken gewesen, die wichtiger waren als der Himmel und die Sterne und alles andere zusammen. Ihm kam in den Sinn, dass der Himmel über Damaskus enorm weit entfernt war und keinerlei Bedürfnis aufkommen ließ, und er erinnerte sich an den Himmel über Paris, der ihn immer wieder mit seiner Nähe zur Erde überrascht hatte. Zum Greifen nah war er gewesen, und einmal hatte er sogar seine bunten Wolken berührt, sein schamloses Rot.

Wieder betrachtete er den Himmel. Er schien bar jeder Idee zu sein. Sogar das trübe Blau schien trotzig und beharrlich jeder Veränderung zu widerstehen. Der Himmel erinnerte ihn an seine eigene Dickköpfigkeit, jene loyale Dickköpfigkeit, die er für die Gesinnung seines Führers an den Tag gelegt hatte. Er hatte hart gekämpft, um Dinge zu verteidigen, die schwer zu verteidigen gewesen waren. Er war eifrig darauf bedacht gewesen, jede Meinung zum Schweigen zu bringen, die dessen abgestandener Gesinnung widersprach. Was ihn von anderen Verantwortlichen unterschied, war seine beängstigende Klugheit, die er nutzte, um jemanden von einer Methode zu überzeugen, die Dinge ermöglichte, von denen man nicht überzeugt sein konnte.

Dschaafar hatte es sich zur Gewohnheit gemacht, die meiste Zeit des Tages in seinem Büro zu verbringen. Manchmal hatte er sogar dort übernachtet. Das hatte mit seiner Arbeit und seiner Leidenschaft zu tun. Die langen Jahre der Arbeit hatten das Bett in seinem Büro erschöpft. Es war der billigen Dalâl überdrüssig geworden, deren Keuchen es genauso wahrgenommen hatte wie ihre Beförderungen nach jedem Besuch auf ihm. Es hatte Dalâls Körper gesehen, die sich auf ihm und auf etlichen ähnlichen Betten entkleidet hatte. Nur um ihren Fuß in einen der Fernsehkanäle zu setzen und um ihrem einfältigen Ehemann dabei zu helfen, gleichfalls aufzusteigen und den Verwaltungschefsessel zu ergattern.

Die Zeit verging ärgerlich langsam, sie schien sich an Dschaafars Qualen zu ergötzen. Dschaafars Telefon klingelte nicht mehr. Selbst Dalâl hatte sich ganz flink aus seinem Leben davongestohlen, als ihr die Nachricht von seiner schrittweisen Absetzung ans Ohr gedrungen war. Aber Dalâl hatte nur ihn betrogen, ihn allein, sein Bett im Büro wurde immer noch Zeuge ihrer Nacktheit.

Dschaafar fiel ein, Bekannten versprochen zu haben, heute Abend zu ihnen zu kommen. Er kannte sie seit Jahren, aus der Zeit, als er noch stark gewesen war, als seine Meinung noch den Verlauf von Entscheidungen und Planungen verändert hatte. Er hatte sie schon zu jener Zeit gekannt, als ihn eine Annäherung an die Intellektuellen und die Diskussionen mit ihnen über die Angelegenheiten des Lebens verlockt hatten. Diese enge Beziehung, die sie miteinander verbunden hatte, hatte einen entscheidenden Faden im Gewebe seines Gleichgewichts dargestellt. Denn in Zeiten der Stärke hatte er die Zügel angezogen und auf diese Weise nichts verloren. Wenn er jedoch schwach gewesen war, hatte er sie locker gelassen und ungetrübte Sympathie gewonnen, die seinen Lederstuhl zum Glänzen gebracht hatte. Die Maßstäbe für seine Stärke und seine Schwäche standen in direkter Beziehung zu dem Strahlen seiner Augen und seiner rauen Stimme. Wenn er den Angehörigen seiner Schicht von Entscheidungsträgern ähnlich war, war er meist stark, und wenn das Leuchten in seinen Augen erloschen war und seine Stimme weich wurde, wenn seinen Gesprächen der Geruch von Murren und Ungehorsam anhaftete, war er schwach und stand im Abseits.

Einmal hatte ihn ein befreundeter Oppositioneller in seinem Büro besucht, das in einem der vornehmsten Viertel von Damaskus lag, und Dschaafar hatte ihn kühl, aber freundlich begrüßt. Der Mann hieß Humâm, er besuchte ihn von Zeit zu Zeit, um sich selbst unter Beweis zu stellen, dass jeder Mensch über die Fähigkeit verfüge, mit jedweder Führungspersönlichkeit einen demokratischen Dialog zu führen. Er befürwortete Nachgiebigkeit und nicht Unerbittlichkeit. Seine Beziehung zu Humâm hatte Dschaafar vor den anderen Führungsträgern und Offizieren in Verlegenheit gebracht, ihn gleichzeitig aber einigen Intellektuellen angenähert und bei manchen beliebt gemacht. Bei diesem Besuch hatte sich im Büro ein lautes Geschrei erhoben. Humâm, der seine Meinung über eine zum damaligen Zeitpunkt stattfindende Verhaftungswelle äußerte, hatte die falsche Zeit für seinen Besuch gewählt, denn Dschaafar war stark gewesen damals und keinesfalls bereit, Gewissen und Moral seinem Posten vorzuziehen. Er war schreiend über Humâm hergefallen, und Humâms Gesicht war von dem Speichelregen ganz feucht geworden. Er hatte ihm seinen Patriotismus abgesprochen, dessen Existenz an abstoßende Parolen und versteinertes Denken gekoppelt sei, er hatte ihn als Verräter hingestellt – und nichts leichter als das! – und ihn der Zusammenarbeit mit ausländischen Kräften beschuldigt, um sich gegen die nationale Einheit und die unumstößlichen Prinzipien zu verschwören. Und Grund für all diese Beleidigungen war einzig und allein Humâms Meinung über die Verhaftungswelle gewesen. An jenem Tag hatte Humâm den Dialog, für den er sich so engagiert hatte, verzweifelt aufgegeben. Dschaafar hingegen war zu seiner Stille in dem großen mit Deklarationen und geheimen Berichten vollgestopften Büro zurückgekehrt. Jetzt erinnerte er sich an jenen Besuch, und daran, Humâm versprochen zu haben, ihn abends zu Hause zu besuchen.

Dschaafar wusste sich keinen Rat. Eine schwere Bürde lastete auf seiner Seele und erschöpfte ihn. Er musste jetzt ein neues Leben lernen und seine Nachbarn grüßen, die ihn stets gefürchtet hatten. Er dachte darüber nach, dass die meisten Menschen, die irgendwann einmal in sein Büro eingefallen waren, nicht von ihm persönlich angelockt worden waren, sondern von dem von Wachen, Autos, Fotos und einem Heiligenschein umgebenen Büro selbst. Jenes Büro, das in einem der vornehmsten Viertel von Damaskus lag. Dschaafar war für seine Schlauheit bekannt, für seine leuchtenden Augen und für seine Fähigkeit, eine Zärtlichkeit auszustrahlen, die mindestens genauso intensiv war wie seine Bösartigkeit und seine Brutalität. Sein Schnauzbart war durch pulsierende Adern mit dem Gehirn verbunden, so dass er sich bei Missbehagen aufrichtete, in Augenblicken der Zufriedenheit aber an Kraft verlor. Und Dschaafars schmaler Körperbau bewahrte ihn vor den Witzen, die man auf der Straße über die Bäuche von Inhabern hoher Posten riss, die sich in ihrer Gefräßigkeit an der Nation gütlich taten und an deren Knochen nagten.

Die Fenster der Nachbarn wurden eins nach dem anderen geöffnet, nach und nach zog sich die Stille zurück. Das Gepolter der morgendlichen Parolen drang von der benachbarten Schule an sein Ohr. Die Lehrerin für den obligatorischen Militärunterricht bellte mit all ihrer Energie wie jeder erfahrene Soldat. Sie brüllte die Parolen über die Ziele der Nation und die Verewigung ihrer Führer, und die Mädchen brüllten es nach. War Dschaafar nicht einer der wenigen gewesen, die sich getraut hatten, eine Änderung der Schulkleidung für den Militärunterricht von kaki zu blau vorzuschlagen? Er war für seine Überzeugungen nicht wirklich eingetreten, aber er hatte seine wenigen Machtbefugnisse genutzt, um einige Dinge zu verbessern. Er hatte seine Meinung zu den Vorgängen geäußert, Vorschläge und Lösungen unterbreitet und sein historisches Gedächtnis gestärkt, um zu analysieren, nachzudenken und die Zellen auszumachen, die das Land schwächten.

Wer hätte geglaubt, dass Dschaafar entlassen worden war, weil seine Gedanken nicht mehr zu den Anforderungen der Zeit passten? Wer hätte geglaubt, dass seine Sturheit, die er in letzter Zeit an den Tag gelegt hatte, und sein Festhalten an seinen Ideen, die so »aufgeschlossen« waren wie eine sich gerade öffnende Blüte, ihn auf Anfang zurückversetzt hatten? Dschaafar wurde rot im Gesicht, das ganze Blut der Welt versammelte sich in seinen schweißnassen Wangen. In seinem fahlen Gesicht, das alles verloren hatte. Er hatte seinen hohen Posten eingebüßt, weil er sich aufgebäumt hatte, und niemand würde glauben, dass es auf die eine oder andere Weise seine eigene Entscheidung gewesen war, zu Hause zu bleiben. Dschaafar hatte genau gewusst, dass er irgendwann ins Abseits geschoben und seines Postens enthoben werden würde. Denn er war äußerst klug. In den letzten Jahren hatte er bewusst saubere Beziehungen geknüpft, die ihm nach seinem Rauswurf helfen würden zu überleben.

Dschaafar nahm die Umrisse seiner Frau hinter dem Seidenvorhang wahr. Sie trat langsam heraus, um ihr Gleichgewicht nicht zu verlieren und nicht den Anblick der beiden Kaffeetassen zu ruinieren.

Er blickte ihr nicht in die blauen Augen, in denen

sich die Schwäche offenbarte. Sie war es gewesen, die ihn stets getrieben hatte, die Leiter des Ruhms zu erklimmen – um jeden Preis und mit allen Mitteln. Sie war es gewesen, die ihm mit ihrer Härte und Sturheit beigebracht hatte, nach Besitz zu gieren und niemals aufzugeben. Wenn seine Allmacht schwinden würde, würde sie sich in ihren Augen verstecken und leichtfüßig in Dschaafars Seele kriechen. Die Frau, die sich geopfert hatte, damit Dschaafar hoch oben schwebte, war heute nicht in der Lage, ihre Arme zu öffnen, um seinen zerbrechlichen Körper und den Kummer zu umarmen, der seinem Tag die Kraft nahm. Selbst seinen Ehebruch mit Dalâl hatte sie ihm damals verziehen, denn sein Posten und der Luxus ihres Lebens waren ihr wichtiger gewesen als jeder Verrat. Jetzt aber gab es für sie kein gewichtigeres Detail als die Verletzung, die er ihr in den letzten Jahren zugefügt hatte. Durch ihre strafenden Blicke versetzte Amal ihm eine Ohrfeige, sie schien ihn zu tadeln für seine verächtliche Rückkehr nach Hause und dafür, dass er sich in letzter Zeit an kuriose Prinzipien geklammert hatte. Sie war hart aus Instinkt, denn mit den Geheimnissen politischer Abrechnungen und Tricks kannte sie sich nicht aus. Vielleicht wusste sie nicht einmal, dass Dschaafar an nicht zu ihm passenden Prinzipien festgehalten hatte, um seinen schlechten Ruf davor zu bewahren, noch schlechter zu werden; um das Spiel als kämpfender Held zu verlassen; um seinen schmalen

Körper mit ein wenig Süße und Lauterkeit zu umweben. Amal hatte noch nie das Falsche dieser Überzeugungen erfasst, sie war nicht in der Lage zu verstehen, was vor sich ging. Sie beide unterschieden sich darin, dass Dschaafar klug war und nur allzu gut gewusst hatte, dass seine Position und seine Macht, die sogar die Staubkörnchen in der Straße dazu zwangen, ehrfürchtig zu erzittern, wenn er vorüberging, nur zeitlich begrenzte Genüsse waren, und dass er einige saubere und ehrbare Beziehungen knüpfen musste, auf die er sich nach seinem Zusammenbruch würde stützen können. Amal hingegen hatte niemals geglaubt, dass dieser Luxus nicht bis in alle Ewigkeit bestehen bleiben und dass die Einsamkeit nach dem Rauswurf ihres Immunität genießenden Mannes ihre Seele verschlingen würde.

Amal versuchte zu sprechen, aber ein harter Kloß hatte sich in ihrer Kehle festgesetzt. Sie wollte Dschaafar vom Unglück des armen Udai erzählen, den der Vorfall krank gemacht und seinem massiven Körper den Luxus entzogen hatte. Udais Grad der Verwöhnung wurde am Budget einer ganzen Nation gemessen. Von seinen Ausbildungskosten hätten problemlos Millionen Menschen ernährt werden können. Er hatte in seinem Leben nichts zustande gebracht, sondern pflegte stattdessen von einem Café zum anderen zu ziehen, Dutzende pubertierender Mädchen aufzulesen und bis zum Morgen durchzumachen. Ein dicker, hässlicher junger Mann, aus dessen Hemdkragen eine eklige schwarze Narbe herausschaute. Seine eingesunkenen Augen schliefen nur, um sich von der Leere seines Lebens auszuruhen. Seine Stimme machte taub, er verschluckte die Laute. Allmorgendlich suchte er ein nahegelegenes Café auf. Wenn die Angestellten die Umrisse des schwarzen Mercedes ausmachten, den er ohne Führerschein steuerte, fuhr ihnen der Schreck in die Glieder. Er trat ein wie ein richtiger Held. Er bekam den besten Tisch. Er rief Unruhe und Verdruss hervor. Denn er sprach laut, lachte ordinär, spottete über die Angestellten im Café und manchmal beleidigte er sie. Alle wunderten sich, dass manche Mädchen imstande waren, Udais Antlitz zu streicheln, in das die Langeweile eingraviert war. Mädchen, die auf seine Rechnung aßen, tranken und sich kleideten … auf Rechnung der Nation.

Amal wollte in Tränen ausbrechen und Dschaafar von Udais Leid berichten, aber dieser verdammte Kloß hatte sich fest in ihrer Kehle eingenistet, und sie brachte keinen Laut hervor.

Dschaafar glaubte zu ersticken. Ein salziger Kloß drückte ihm seinerseits die Kehle zu. Udais Unglück machte ihn noch missmutiger. Schwierige Fragen schnürten ihm die Luft ab. Warum war er entlassen worden? Warum jetzt? Wie sollte er seinen Tag mit Details anreichern, die ihn von diesem Unglück würden ablenken können?

Die Feuchte des Morgens begann vor der eifrigen Hitze die Flucht zu ergreifen. Die Sonne leckte lasterhaft an Dschaafars Gesicht. Auch sie schien sich jetzt für die Jahre der Angst vor seinem Schatten an ihm schadlos zu halten und ihre ganze Glut über seinen Körper zu ergießen. Dschaafar zog sich von seinen Gedanken zurück und ging hinein, wo es kühler war.

Plötzlich verspürte er Hunger – auf das Büro und auf den Ledersessel. Er war rasch hungrig geworden, denn seit seinem Fortgang waren erst zwei Wochen vergangen. Sie kamen ihm vor wie zwei Jahre, die Zeit verging so schrecklich langsam, als wolle sie sich an Dschaafars Pein ergötzen.

Bis sechs Uhr blieb er still. Sprach mit niemandem und niemand sprach mit ihm. Alle zuhause waren wütend und bedrückt. Selbst die Stimme des Schwätzers Kusai war nicht zu vernehmen. Kusai, der eigentlich nur der Lobhudelei seiner Umgebung verlustig gegangen war. Jahrelang hatte er den Namen seines Vaters genutzt, um riesige Unternehmen zu gründen, Firmen, die ihn und seine Familie und viele andere Familien ernährten. Und weil Dschaafar sich nur allzu gut darüber im Klaren war, dass seine eigene Position und Macht, die jedes Staubkorn in der Straße zwangen zu erzittern, wenn er vorüberging, nur zeitlich begrenzte Genüsse waren, hatte er seinen Sohn gelehrt, seine riesigen Unternehmen auf importierten Staub zu bauen. Deshalb war Kusai nach der Entlassung seines Vaters nur der Lobhudelei seiner Umgebung verlustig gegangen. Kusai war weniger hässlich als Udai und mit Klugheit begabt. Er liebte das Schwadronieren, er liebte Verleumdungen und Geheimnisse, und er stand Dschaafar nah, auch wenn er den gleichen wilden und ungehobelten Charakter wie seine Mutter hatte. Aus diesem Grund hatte er sich seit jenem verfluchten Tag von seinem Vater zurückgezogen und geschwiegen.

Dschaafar blieb still. Er kapitulierte vor dem Schweigen der dicken, zuckerkranken Amal, deren gesundheitlicher Zustand seit jenem Vorfall immer schlechter wurde. Er blieb still, bis die Sonne trotzig einzuschlummern begann, um auf den Morgen zu warten und Dschaafar in seiner Pein erneut mit ihrer Glut zu überschütten.

Es war acht Uhr abends nach Damaszener Zeit. Aber nach Dschaafars Zeit war es das nicht. Dschaafar, der die Zeit genoss, indem er sie quälte. Diese Augenblicke waren vielleicht die süßesten überhaupt. Denn sein Besuch bei Humâm würde die erste Gelegenheit an jenem einsamen stillen Tag sein, um zu reden, über das müde Blut zu sprechen, das seine dünnen Adern lähmte. Er würde schwätzen und lachen. Humâm würde ihn nicht finster anblicken, sondern im Gegenteil wie einen intimen Freund umarmen. Vielleicht zum ersten Mal würde er Dschaafar auf gleicher Augenhöhe begegnen, die dessen Entlassung bewirkt hatte.

Dschaafar sah Humâms süßes Lächeln, als der die hölzerne Tür öffnete. Er küsste ihm übertrieben sanft die Augen und trat so unsicher ein, als hätte er gerade erst laufen gelernt. Er dachte, wie verlegen er gerade vor ein paar Minuten auf der Straße gewesen war. Es kam ihm vor, als überschritten seine Füße zum ersten Mal die Schwelle zur Wohnung. Das Lärmen der Autos hatte ihm ins Gesicht gebellt. Einige Augenblicke lang hatte er sogar geglaubt, dass alle, die an seinem Auto vorbeigingen, sich gegenseitig zuzwinkerten, seinetwegen, Dschaafars wegen, der seinen Posten verloren und den der offizielle Stempel in nichts als einen armseligen Reichen verwandelt hatte. Zum ersten Mal erkannte er, dass Damaskus eine lärmende, von schwarzem Qualm eingehüllte Stadt war. Zum ersten Mal nahm er das Geschrei der hohen grünen Busse wahr, die mitten auf der Fahrbahn eine Panne erlitten, Chaos verursachten und sich einfach nicht von der Stelle bewegen wollten.

Dschaafar spürte Humâms Glückseligkeit, seine heiße Umarmung ließ ihn zerschmelzen. Er setzte sich in dieselbe Ecke, in der er immer saß. Nachdenklich betrachtete er den Salon. Nichts hatte sich verändert. Alle Details waren noch an ihrem Platz. Auch Humâm hatte sich nicht verändert. Plötzlich erinnerte er sich, dass er ihn vor einem Monat das letzte Mal getroffen hatte. Diese Zeitspanne genügte nicht, um einen von ihnen zu verändern. Auch wenn die Zeit für Dschaafar so quälend langsam fortgeschritten war, dass sich innerhalb von zwei Wochen das Alter und die Schlaflosigkeit in sein Gesicht geprägt hatten.

Humâm bewahrte ihn davor, ein Gesprächsthema aus dem Hut zaubern zu müssen, und begann über die dunklen Wolken zu sprechen, die sich am Himmel von Damaskus zusammenzogen. Er sprach über die Brutalität, die zu sprießen und Früchte zu tragen begonnen hatte. Er sprach über jene gemeine Angst, die ihn nicht schlafen ließ. Er sprach über seine Arbeit, die er nicht mehr ertrug. Er sprach über Dschaafars Absetzung. Er sagte ihm, dass es in unserem Land eine große Ehre und eine ehrliche Anerkennung für Geradlinigkeit und Tiefe sei, ins Abseits gestellt zu werden.

Dschaafar lauschte mit eingeübter Routine und begnügte sich wie üblich damit, ruhig und weise mit dem Kopf zu nicken, von Zeit zu Zeit die Augenbrauen hochzuziehen und Humâm zuzustimmen.

Das erste Glas Arrak wirkte wie Gift in seinen Adern. Das zweite und dritte aber fühlte sich schon milder an. Der Arrak kitzelte leicht in den Venen und ließ ihn entspannen und freimütig sprechen.

Das Gespräch über seine Entlassung und die Gründe, die Humâm hinter dieser Entscheidung sah, gefiel ihm gut. Er sprach aufgeregt, um die Entkrampfung seiner Zellen nach dem dritten Glas zu verteidigen. Er sprach über die Freiheit, die sich seiner am Tag seiner Absetzung bemächtigt hatte. Er sprach über jenen Tag, als Humâm ihn im Büro besucht und sich Dschaafars Geschrei erhoben hatte. Über jene Phase, in der ihn seine Position dazu gezwungen hatte, einem überholten Verständnis nachzugeben. Er sprach über Überzeugungen, die damals nicht zu ihm gepasst hatten, die aber eigentlich tief in ihm verankert waren, als seien es die Wurzeln, aus denen Dschaafar emporgewachsen war. Er sprach über den Führer, dessen Foto noch immer an der Wand des Gedächtnisses hing. Er beschrieb ihn mit den schrecklichsten Eigenschaften. Er beschimpfte die versteinerte Ideologie, aus dessen Wasser sich die dunklen Wolken zusammengebraut hatten. Er beschimpfte die Parolen, die die Nation in einen brackigen Teich verwandelt hatten, in dem ausschließlich bösartige Moskitos lebten.

Humâm lauschte mit eingeübter Unruhe. Er spürte, wie der Herzschlag seinen Körper zerriss. Er schaute Dschaafar zärtlich an und bat ihn, ein wenig bedächtiger zu sein. Denn Humâm besaß keine Wand oder auch nur den Schatten einer Wand, gegen die er sich hätte stützen können, um seine Seele vor jenen dunklen Verliesen zu schützen, in deren feuchter Luft kein Leben möglich ist.

Zweites Detail

مها

Maha

Dunkle Wolken breiteten sich an jenem Morgen am Damaszener Himmel aus, und wie um sie zu reizen, zogen sie sich über Mahas Haus besonders dicht zusammen. Sie hasste Wolken, hielt die Finsternis für ein böses Omen, fürchtete Donner und Blitz, hatte Angst vor Naturkatastrophen und verfolgte regelmäßig den Wetterbericht und die Nachrichten über Erdbeben und Orkane und die Geschwindigkeit der Winde. Doch heute verblüffte Maha die Wolken damit, dass sie sich nicht darum scherte, ob diese die Sonne verdeckten. Denn am heutigen Tag schien die Sonne in ihrem Inneren, und keiner Macht der Welt würde es gelingen, ihr die gute Laune zu verderben und ihr Angst einzuflößen.

Heute würde sie so leben, wie sie es sich seit fünfzehn Jahren erträumt hatte. Jahr um Jahr hatte sie an ihrem gewohnten Schreibtisch gesessen, mechanisch ihre Arbeit erledigt, geschwiegen, wenn es nötig gewesen war. Und wenn man sie nach ihrer Meinung gefragt hatte, hatte sie ihre wenigen Worte mit Bedacht gewählt. Die Naturkatastrophen, die Kriege, die Terroranschläge, die Entdeckung eines Vulkankraters in Syrien und die Prophezeiung eines Astrologen über ein zerstörerisches Erdbeben in der Region, das waren die einzigen Themen, die sie veranlassen konnten, breit und ausführlich zu plaudern und ihren Gefühlen und Empfindungen freien Lauf zu lassen. Fünfzehn Jahre lang hatte sie an ihrem gewohnten Platz verbracht. Für Auseinandersetzungen auf der Arbeit interessierte sie sich nicht, und sie beteiligte sich niemals an einem Gespräch, in dem die Institution, in der sie tätig war, unrühmlich erwähnt wurde. Sie lächelte ohne Unterlass, so dass das Lächeln gar nicht mehr von ihren Augen, ihrem Mund und ihrer Nase wegzudenken war. Ihre schlechte Laune offenbarte sich in keinem Stirnrunzeln oder Zähnefletschen, sondern in einem Leuchten der Augen, das in den Momenten der Niedergeschlagenheit erlosch, ohne dass man es tatsächlich daran hindern konnte, gänzlich zu verschwinden.

Maha machte die drei Wohnzimmerfenster auf und sog die kühle, von den Tränen der Wolken in der letzten Nacht geschwängerte Luft ein. Sperrangelweit öffnete sie sie, so dass man hätte meinen können, die Fenster umarmten Maha und drückten sie an ihre Brust. Doch Maha überließ sich dieser morgendlichen Umarmung nicht. Sie setzte sich auf einen Stuhl, dem grau verhüllten Himmel gegenüber, und begann mit wohliger Anspannung an der Morgenzigarette zu ziehen. Vielleicht war dies der erste Morgen, an dem Maha nicht mit dem Sortieren ihrer Rechnungen und dem Zählen ihres und Munirs übrig gebliebenen Gehalts beschäftigt war; an dem sie sich nicht darüber den Kopf zerbrach, wie sie den endgültigen Verbrauch des Dieselöls in den Kanistern hinauszögern könnte, ohne dass ihr einziger Sohn würde frieren müssen. Sie könnte jetzt die Farbe der Wände, die sich nicht vor der Gier der Feuchtigkeit hatten retten können, verändern. Sie würde die alten, ausgeblichenen, deprimierenden Sitzmöbel in der Wohnung auswechseln, deren Bezug so abgewetzt war, dass der nackte Schaumstoff darunter hervorquoll. Sie würde neue Kleidung für ihre kleine Familie kaufen. Sie würde sich diese seltenen Augenblicke nicht entgehen lassen und sich nicht aufs Neue mit finanziellen Problemen beschäftigen ... Doch plötzlich spürte sie, wie eine gewaltige Angst an ihren Knochen zu nagen begann und ihr den Morgen verdarb. Was würde geschehen, wenn ihre Kollegen in der Redaktion gegen den Beschluss, sie zu ihrer Direktorin zu ernennen, Einspruch erhöben? Gut, und was wäre, wenn der Generaldirektor sich womöglich weigerte, den Beschluss zu unterzeichnen mit der Begründung, ihr mangele es an Qualifikation? Oder sie sei angesichts ihres schwachen Charakters und ihrer Angst vor der Konfrontation nicht in der Lage, eine ganze Abteilung zu leiten? Bestimmt kannte der Direktor all diese Details gar nicht, und außerdem verband ihn sowieso keine persönliche Beziehung mit ihr. Angenommen, ihre Freunde auf der Arbeit würden sich über die Nachricht freuen und der Generaldirektor unterzeichnete den Beschluss wie viele andere auch, ohne sich genauer damit zu befassen, wäre es dann nicht vielleicht möglich, dass die frühere Direktorin Nadschâh sich an ihren Stuhl klammerte und ihre Beziehungen spielen ließ, damit ihr Vertrag verlängert würde? Aber Nadschâh hatte das Rentenalter erreicht, und es war ihr gesetzlich gar nicht erlaubt, an ihre Arbeitsstelle zurückzukehren. Maha gingen wie gewöhnlich nur potenzielle schmerzliche Enttäuschungen durch den Kopf, sie verfügte über eine ausgeprägte Fähigkeit, sich die Laune zu verderben und erfreulichen Dingen voller Pessimismus und Niedergeschlagenheit zu begegnen.

Gedankenversunken saß Maha da. Fast wäre der Firmenbus ohne sie abgefahren, ohne die Frau Direktor. Sie ging schnell in ihr armseliges, kaltes Schlafzimmer, wo das Bett sich einsam fühlte, weil kein Kleiderschrank mit ihm sprach und kein Tisch und kein Stuhl ihm ihr Elend und ihre Sorgen anvertrauten. Als Maha beschlossen hatte, zusätzliche Möbel für ihr Schlafzimmer anzuschaffen, hatte sie einen länglichen Spiegel angeschleppt und ihn genau dem Bett gegenübergestellt, so dass das verwitterte Holz und das angebrochene Bein von vorne glänzten. Sie zog sich eilig an und vergaß auch nicht, die Augen mit Khol zu färben und Lippenstift auf ihre schmalen Lippen aufzulegen. Sie hatte feine Gesichtszüge für ihr Alter. Aber sie war von so kleiner Statur, dass es auf sie selbst und ihre Umgebung geradezu verstörend wirkte. Ihre Haut war durchscheinend und weiß wie Schnee, aber mit so groben Poren, dass sie an Bierschaum erinnerte, der beim Hineinpusten Blasen wirft. Sie hatte honigfarbene Augen. Ihr kurzes Haar von der Farbe des Johannisbrotbaums färbte sie regelmäßig goldblond. Ihr fülliger Leib wirkte unter der Kleidung korpulent. Im langen Rock wirkte ihr Körper wie zusammengepresst, und der Schal, den sie sich um den Nacken legte, ließ den Eindruck entstehen, als habe sie keinen Hals.

Verstört und bedrückt verließ sie die Wohnung. Sie stieg die fünf Stockwerke hinab und glaubte zu träumen. Sie hatte das Gefühl, immer tiefer hinabzusteigen, ohne ins Freie zu gelangen. Plötzlich bemerkte sie, wie lang die Treppe tatsächlich war, und zum ersten Mal wurde ihr richtig bewusst, dass sie im letzten Stockwerk wohnte und dass das Hinabsteigen genauso ermüdend war wie das Hinaufsteigen. Abu Muhammads Hupen unterbrach ihre Gedanken. Sie stürzte los, doch ihr kleiner Wuchs erlaubte keine großen Schritte. Wenn sie sich beeilte, sah es aus, als liefe sie um die Wette. Endlich sah Abu Muhammad sie von weitem kommen. Wie üblich schaffte sie es nicht, die Tür des Kleinbusses zu öffnen, so dass einer der Kollegen ihr zu Hilfe kam. Sie warf sich auf den Rücksitz. Vergeblich versuchte sie, ihr Keuchen unter Kontrolle zu bringen und begnügte sich deshalb damit, Abu Muhammad mit einem Heben des Kopfes und der Augenbrauen zu begrüßen. Normalerweise liebte Maha diese Augenblicke. Während dieser halben Stunde, die ihre Wohnung von der Arbeit trennte, forderte das Leben nichts von ihr, außer auf dem Platz am Fenster zu sitzen und auf die Welt zu blicken, die mal geschwind, mal gemächlich an ihr vorbeizog. Doch heute vertiefte sich Maha nicht in den Anblick, sondern forderte Abu Muhammad auf, sich ein wenig zu sputen.

Pünktlich um zehn Uhr traf sie ein. Der Direktor war mit dem Unterzeichnen der Korrespondenz beschäftigt. Sie setzte sich ins Wartezimmer. Erst zweimal innerhalb von fünfzehn Jahren hatte sie diesen Raum betreten. Einmal, um um eine feste Stelle als offizielle Angestellte nachzusuchen, mit einer geringen Anhebung des Gehalts und dem Anrecht auf Prämien und Sonderzahlungen, die der Präsident der Republik anlässlich besonderer Feiertage anordnete, sowie einem Jahresurlaub. Ein zweites Mal, als der Generaldirektor eine Redaktionssitzung einberief, um ihnen einzuschärfen, wie wichtig es »angesichts der kritischen Lage« sei, die Nachrichten sensibel zu formulieren. Verwundert blickte Maha sich im Wartezimmer um: ein großes schwarzes Kanapee, in dessen dunkles Kolorit sich auf unverschämte Weise ein Gelbton eingeschlichen hatte. An den Seiten hingen vom Staub fahl gewordene goldfarbene Quasten herab. In der Mitte des Raumes stand ein holzbeiniger Tisch mit Glasplatte, darauf ein Gefäß aus bunter Wolle, mit künstlichen Blumen, die vor Schmutz nur so strotzten. An der der Tür gegenüberliegenden Wand befand sich ein gewaltiger Bücherschrank. Wissenschaftliche Lexika, Bücher über die Geschichte der regierenden Baath-Partei, eine Reihe über den arabischen Nationalismus sowie alte Bücher über den Sozialismus drohten die sich unter dem Gewicht biegenden Regalbretter schier zu erdrücken. Die andere Wand trug enorm schwer an der ungeheuren Verantwortung, die man ihr aufgebürdet hatte: In der Mitte hing ein riesiges Bild, auf dem geschrieben stand: »Eine arabische Nation, mit einer ewigen Botschaft.« »Unsere Ziele: Einheit, Freiheit, Sozialismus.«

»Wir befinden uns in einer sehr kritischen Phase. Die Medien sind das stärkste Mittel, um dem zionistischen Plan, der für eine Judaisierung unseres arabischen Bodens und die Vernichtung der Ehre des arabischen Bürgers geschmiedet wird, etwas entgegenzusetzen. Jetzt bist du Teil unserer Medien, die dem ausländischen Druck von Angesicht zu Angesicht trotzen und sich von Trivialitäten, von rassistischen Streitereien und der Bosheit mancher Gruppierungen fernhalten.«

Maha hörte den Belehrungen, die aus dem Mund des Generaldirektors kollerten, nicht zu. Ihre einzige Sorge war, den Beschluss ihrer Ernennung offiziell abgestempelt zu sehen und in die Redaktion zu hasten, nicht als Kollegin, sondern als Direktorin, die sich auf den Holzstuhl hinter den in eine Ecke des Raumes gezwängten Tisch setzte. In dem winzigen Raum, in dem sich die drei Schreibtische aneinanderdrängten. Nur der Schreibtisch der Direktorin stand isoliert von den anderen Tischen in der westlichen Ecke und blickte durch das Fenster auf den Kassjûn-Berg, an den sich die Stadt Damaskus schmiegt.

Maha verließ das Zimmer des Generaldirektors. Sie eilte, lief, flog, wollte die Treppenstufen zur Redaktion geradezu verschlucken, wünschte sich, dass eine Wolke von außen hereinschwebte und sie mit sich trüge und ihr die Mühen des Ersteigens der Treppe ersparte. Denn wenn sie eine Treppe hochging, sah es tatsächlich aus, als ersteige sie sie, sie packte das Geländer und zog ihren Leib hoch, so dass der Körper noch vor den kurzen Beinen anlangte.

Ihre Kollegen in der Redaktion kannten sie gut. Spürten deutlich ihre Angst. Sahen ihre Schwäche und ihre unsichere Persönlichkeit mit ungetrübtem Auge. Voller Vertrauen und ausdrucksvoller Beflissenheit betrat Maha den Raum, um ihre Schwäche und Verunsicherung zu überspielen. Sie war beschäftigt mit der kühlen Begrüßung ihrer Kollegen, mit deren derber Art, sie zu beglückwünschen. Sie war beschäftigt mit ihrer Angst vor deren Grobschlächtigkeit.

In Wahrheit aber würde der Stuhl nichts weiter als noch mehr Furcht und Rücksicht mit sich bringen, denn nun war sie für diese Abteilung und folglich für alle Gespräche und Diskussionen verantwortlich, die dort geführt werden würden. Es waren jetzt nicht mehr die Erdbeben und die Vulkane die einzigen Themen, die sie laut werden und ihrer Stimme freien Lauf lassen würden. Der Stuhl war so kostbar, und ihn zu behalten, verlangte schmerzliche Kompromisse. Ihre hauptsächliche Arbeit bestand nun darin, die weise Politik der Regierung zu verteidigen und gegen die arabischen Führer anzugehen, die ihren Patriotismus für ein paar Millionen Dollar verkauft hatten. Während ihrer kompletten Arbeitszeit würde sie nun völlig davon in Anspruch genommen werden, die Meinungen ihrer Mitarbeiter einzuholen und wütend darauf zu reagieren. Ihr würde kein Zwinkern entgehen, kein Flüstern bliebe ihr verborgen. Sie bekämpfte alle stilistischen Neuerungen beim Verfassen von Nachrichten, doch ... eigentlich kämpfte sie nicht dagegen, sie fürchtete sie. Sie hatte Angst davor und sah in ihnen eine eiserne Hand, die ihr gewaltsam den Stuhl fortzog. Sie wurde geizig, oder genauer gesagt, sie machte sich große Sorgen über die Finanzen des Staates. Aus Angst, eines Tages dafür getadelt zu werden, zu früh das Papier verbraucht zu haben und für diese Verschwendung zur Rechenschaft gezogen zu werden ... und dann den Stuhl zu verlieren, bewahrte sie das alte gelbliche Papier, auf dem die Nachrichten verfasst worden waren, auf. Und wenn ihre Kollegen über die Lage sprachen, über die Korruption, die Unterdrückung oder über die Unerbittlichkeit der Oberen diskutierten, dann eilte Maha zur Tür und streckte ihren kleinen Kopf hinaus, um sich zu vergewissern, dass kein Neugieriger sich auf dem Flur herumtrieb. Danach schloss sie die Tür fest zu, kehrte bedächtig an ihren Schreibtisch zurück und bat darum, man möge schweigen oder zumindest die Stimmen senken. Sie überging ihre Mitarbeiter bei allen offiziellen Aufträgen und berichtete persönlich über die Nationalfeiertage und Festlichkeiten. So kaufte sie für den Preis des Hofierens immer wieder einen neuen Nagel, mit dem sie den Stuhl auf lange Zeit hin festnageln konnte.

Kurz gesagt, Maha hatte sich auf unbestimmte Zeit von den Vulkanen, den Erdbeben und den archäologischen Entdeckungen verabschiedet. Das Plaudern darüber brachte keinerlei Nutzen ein, es produzierte keine Nägel in dieser kritischen Phase der Geschichte unserer Nation.

Drittes Detail

جهاد

Dschihâd

Ein Bürgersteig, dessen Platten im Gegensatz zu den Gehsteigen der anderen Straßen ordentlich verlegt sind. Darauf ein Zaun aus solidem Eisen, verborgen unter Pflanzen, die das Gitter schon seit ewigen Zeiten von innen hinaufranken, um ganz oben hinüberzuspähen und den Rhythmus des Lebens außerhalb zu entdecken. Dazu ein gigantisches schwarzes Tor, durch das jedes Auto passt. Hinter dem Zaun ein großer Garten, dessen bejahrte Bäume aus Marokko und Frankreich hierher gereist sind, um dieses Grundstück zu bewohnen. Freigebige Blumen verbreiten, sobald eine scheue Sommerbrise sie berührt, ihren Duft. Der Rasen ist bewundernswert ordentlich, das Gras wächst gemeinschaftlich, und keinem Halm wird gestattet, höher zu werden als sein Nachbar. Die Haustür besteht aus einem seltenen und wertvollen Holz, denn sie beschützt das Leben der Bewohner vor den Blicken übelwollender und undankbarer Passanten. Passanten, die ständig Neid empfinden auf jene, die Gott mit erlaubtem Vermögen und mit Profiten gesegnet hat, die sie im Schweiße ihres Angesichts anhäufen.

Direkt hinter der Tür befindet sich ein weitläufiger Salon, der vor Luxus und Pracht strotzt. Zu dem marmornen Fußboden gesellen sich italienische Möbel und vergoldete Kostbarkeiten. Nackte Statuen erheben sich stolz in den Ecken. An den Wänden hängen echte Gemälde in gewollter Planlosigkeit: Das Gemälde, auf dem das Rot überwiegt, hängt zum Beispiel an der Wand, vor der das rote Sofa steht. Die gelben Kanapees aber ruhen friedlich unter einem Gemälde mit Sonnenblumen und so weiter. Vier Tischchen stehen im Salon, in jeder Ecke eines. Runde Eichentische, aus Angst vor Ecken und Kanten. Pflanzen, die farblich zwischen dunkelgrün und dem Rot-Gelb eines heißen Herbstes changieren, sind überall verteilt. Gedämpftes Licht dringt aus in der Decke verborgenen Hohlräumen.

In jener Ecke, wo der Araukarienbaum seine Zweige hängen lässt und das schwache Licht verstohlen durch die Blätter scheint, um hübsche Figuren auf die weiße Wand zu zeichnen, dort, genau in jener Ecke saß Dschihâd auf seinem bunten Lieblingskorbstuhl. Sein kleiner Tisch, den er aus Indien mitgebracht hatte, stand ergeben zu seinen Füßen. Auf ihm ein Aschenbecher. Eine dicke Zigarre. Lange Streichhölzer und eine Tasse Kaffee. Mit der linken Hand hielt

Dschihâd den Roman *Die süße Batûsch* des türkischen Autors Asis Nesin, und seine rechte war ganz und gar damit beschäftigt, von Zeit zu Zeit die Tasse Kaffee aufzunehmen oder die Zigarre zwischen die dicken Finger zu packen und wie mechanisch die Asche auf dem länglichen, extra für Zigarren hergestellten Glasaschenbecher abzuschlagen. Es war dieses verfluchte Bedürfnis zu brillieren, das ihn dazu nötigte, die neuesten politischen Bücher, Romane, Kurzgeschichten und Theaterstücke durchzublättern, einzig und allein, um seinen mittellosen Freunden, die in Wirklichkeit außer ihrer Bildung nichts besaßen, womit sie hätten prahlen können, zu zeigen, dass auch er wissbegierig und leidenschaftlich war wie sie und sie sich ihm nicht überlegen fühlen konnten, durch keine Gewohnheit, keine Idee. Vielleicht war es auch weniger ein Bedürfnis, sondern eher ein Komplex, der sich unermüdlich in sein Bewusstsein bohrte und ihn daran erinnerte, dass er Dschihâd Mustafa Al-Aga war. Sohn eines der bedeutendsten Entscheidungsträger im Ruhestand, Leute, die über dreißig Jahre hinweg auf ihren Posten gesessen hatten und wie Filmstars strahlten. Wenn sie sich an einem öffentlichen Ort zeigten, erhoben sich die Menschen von ihren Sitzen und strömten auf sie zu, um ein Autogramm zu ergattern, ein gemeinsames Foto mit ihnen schießen zu lassen oder zumindest ihre großmütigen Gesichter zu betrachten.

Dschihâd ist stets darauf bedacht gewesen, diese Vorstellung aus den Köpfen derer zu verbannen, die er kennt. Doch er konnte die dreißig Jahre, die durch ihr Blut und besonders um das Herz herum geflossen waren, so dass es vor Panik und Kummer schlug, nicht ausradieren. Mustafa Aga war wie ein Odeur; kaum wurde sein Name erwähnt, lief ein Schauder durch die Menschen und ihr Tag war gelaufen. Er war wie ein Mythos für sie, denn während all der langen Zeit hatte Mustafa Aga hinter seinem Schreibtisch im Ministerium gesessen, und keine Macht der Welt hätte ihn auch nur eine Handbreit von der Stelle bewegen können. Die Menschen waren erkrankt, gestorben, ausgewandert, hatten sich in der Fremde niedergelassen und waren in die Heimat zurückgekehrt, und Mustafa Aga hatte noch immer an seinem gewohnten Platz gesessen und auf sie gewartet.

Genau in jener Ecke malte der Zigarrenqualm eine kleine Wolke über Dschihâds Kopf, die wie ein durchsichtiger Heiligenschein über den Köpfen von Engeln aussah. Dschihâd setzte seine Bildungsanstrengung mit beneidenswertem Genuss fort. Doch es gab ein Problem. Jedes Mal, wenn es Dschihâd gelang, seine Frau aus seinen Gedanken zu verdrängen, kehrte sie in Gestalt der süßen Batûsch zurück. Er stellte sie sich vor, wie sie seine Gäste verwöhnte und mit ihnen flirtete. Sie sprach mit ihnen und ging auf ihre literarischen, politischen, ökonomischen, astronomischen und manchmal auch emotionalen Ambitionen ein. Fünfzehn Jahre alt war sie gewesen, als er sie geheiratet hatte. Schmächtig und zart. Ein Kind, das an einer Heirat einzig und allein wegen des Umzugs von ihrer Familie in Aleppo zu ihrem Mann in der Hauptstadt Damaskus interessiert gewesen war. Sie war zu ihm gezogen. Hatte ihren Körper geöffnet. Sich plötzlich zu einer molligen Frau entwickelt. Ihr Körper mit dem dunklen Teint war füllig. Sie war hochgewachsen und attraktiv. Sie hatte blaue Augen, dichtes weiches kohlrabenschwarzes Haar.

Dschihâd war mittelgroß. Zwar schmal, doch mit einem Bauch gesegnet, von dem er monatelang würde zehren können, ohne etwas zu sich zu nehmen. Der helle Teint neigte ein wenig zum Rötlichen, und sein weiches Gesicht war von Sommersprossen übersät. Er hatte dünnes braunes, ein wenig gekräuseltes Haar, und seine Augen leuchteten schon von weitem. Seine Nase schien ein Detail zu sein, das Gott unabsichtlich hinzugefügt hatte, denn sie hatte die Form eines kleinen, in aller Eile befestigten Balls, der jeden Augenblick herunterfallen konnte. Seine schmalen Lippen waren bleich, und in seinem Mund drängten sich so viele kleine Zähne, als hätte er seit seiner Kindheit keinen einzigen von ihnen verloren, ja, als wären sogar die vier Weisheitszähne hervorgestoßen und hätten es sich in seinem Mund bequem gemacht, um gleichfalls die nächsten dreißig Jahre treu auf ihrem

Posten auszuharren und voller Ungestüm den Wohlstand zu kauen und verdaulicher zu machen.

Dschihâd besaß nur eine – gigantisch große – Firma, die eine Stofffabrik, eine Fabrik für Dosenfleisch, eine für Schuhe, eine vierte für Karton und eine fünfte für die Herstellung von Farben umfasste. Das war sein offizieller Besitz. Der nicht offizielle bestand lediglich aus einer Konzession für italienische Kleidung, einer riesigen Mall für alles, was im Haushalt benötigt wurde, angefangen von Mehl bis hin zu Möbeln, einer Leihwagenfirma und einer Handelsvertretung für französische Schuhe. Dadurch gehörte Dschihâd zur Gruppe jener bedeutendsten Männer des Landes, die an der Förderung der nationalen Ökonomie, dem Heben des Lebensstandards und der Bereitstellung von Arbeitsplätzen beteiligt waren, und leistete damit einen Beitrag im Kampf gegen die Arbeitslosigkeit.

Genau in jener Ecke, wo die Araukarie wegen des Zigarrenqualms zu husten begann, war Dschihâd noch immer in sein Buch vertieft, während seine Frau in seiner Phantasie auf einer Bühne vor ihm tanzte wie die süße Batûsch. Sie beugte sich aufreizend hinunter, so dass ihre Brüste herabbaumelten, ihr dichtes Haar sich ergoss und Schweißtropfen auf die Bühne trieften, die sogleich durch die Hitze ihrer Hüften wieder verdunsteten. Ihrer Hüften, die erstaunlich elastisch zitterten, so dass man hätte meinen können, sie seien von ihrem unbeweglichen Rumpf abgetrennt.

Über dem Garten ihres Hauses schwebte eine Wolke, aus der sich täglich der Schweiß seines Angesichts ergoss, und so hatte es bis jetzt auf die fünf Autos geregnet, die unter einem eisernen Sonnendach parkten, auf dem sich eine vernachlässigte Weinrebe ausbreitete. Ein großes Auto, dessen verdunkelte Fenster das Auge ermüdeten und Geheimnisvolles vermuten ließen. Ein kleineres, das jedoch infolge des Silberlacks einen weiträumigen Eindruck erweckte. Ein großes rotes Auto. Und ein viertes blaues, das ein Geschenk Dschihâds an Madame Batûsch Dschihâd Aga zu ihrem dreißigsten Geburtstag war. Es passte zu dem Meeres- oder Himmelsblau ihrer Augen. Das letzte Auto aber war für den Transport der fünf Kinder in die Schule, zu ihren Partys und Ausflügen bestimmt. Dschihâd zögerte nicht, seine Freunde und Bekannten stets daran zu erinnern, dass dieser Besitz und dieses Vermögen nicht Samenzellen waren, die der Posten seines Vaters abgesondert hatte, auf dass sie wuchsen und gediehen und weitere Samenzellen ausschütteten, um Gottes Willen, nein, sondern dass er sie im Schweiße seines Angesichts erworben hatte, er, der von sieben Uhr morgens bis neun Uhr abends schuftete. Er rackerte und plackerte wie jeder andere Bürger auch, um seine Kinder zu ernähren und ein wenig Geld für sie auf die Seite zu legen, das ihnen ein Leben in Würde garantierte.

Nachdem er konstruktiv an der Unterstützung des Staates und der Förderung der nationalen Ökonomie mitgewirkt hatte, hatte Dschihâd mit einem Male festgestellt, dass auch die Kultur seiner Fähigkeiten und Anstrengungen bedurfte. Den anderen war wiederum plötzlich aufgefallen, dass Dschihâd ein Faible für das Theater und eine fixe Idee entwickelt hatte, die ihm sogar im Schlaf nicht aus dem Kopf ging, nämlich die Finanzierung einer großen Theateraufführung. Dann stellten sich bei ihm Neigungen zum Kino ein, woraufhin er zum bedeutendsten Filmregisseur des Landes hastete, dessen Filme alle verboten waren – aus »künstlerischen Gründen« selbstredend –, und ihn bat, Pate für dessen zukünftigen Film sein zu dürfen. Die Hauptidee des Films, so schlug er ihm vor, sollten der Hunger und die Armut des Bürgers sein, die Gewalt, unter der er infolge der Unterdrückung litt, und der Kloß im Hals, der seine unterdrückte Stimme beeinträchtigte. Es sollte darum gehen, wie sehr sich der Bürger beleidigt fühlte, wenn er mit eigenen Augen zusah, wie sich nur eine einzige Schicht an den ihm geraubten Besitztümern ergötzte. Der Film sollte vom Werdegang eines Mannes erzählen, der als Angestellter, Taxifahrer, Putzmann, Schneider und Elektriker arbeitete, nur um den Hunger seiner großen Familie zu stillen. Ein Film, der von unserem Bedürfnis nach Solidarität und Dialog handelte, damit wir unsere Heimat schützen, die Heimat des syrischen

Volkes, das sich seit ewigen Zeiten eines gen Himmel gestreckten Antlitzes erfreute, einer Würde, die nicht einmal der Teufel selbst in der Lage war, herabzumindern oder zu verachten. Der Filmregisseur aber, dessen Filme allesamt verboten waren, verfügte nicht über Dschihâds Enthusiasmus und Mut.

Einige Tage später keimte bei Dschihâd ein Hang zum Gesang auf, und so nahm er sich eines Heimatliedes an, in dem die festen Grundsätze und das junge »Herz des Arabertums« gepriesen und die Feinde und Übeltäter geschmäht wurden. Als er den Videoclip produzierte, überwachte er höchstpersönlich die Aufnahmen, die in Palmyra und Bosra, in Apameia und bei den Toten Städten, in Idlib und in der Zitadelle von Aleppo und der Markab-Zitadelle, dem Craque de Chevallier und der Zitadelle von Saladin, genauso wie in der Altstadt von Tartûs und in der Omajjâdenmoschee, im Hamidîja-Suk und in der Zitadelle von Damaskus sowie in all den prächtigen Palästen gedreht wurden, die vollkommen unschuldig waren an dem, was vor sich ging.

Als er danach einmal durch die Straßen von Damaskus schlenderte, die er so liebte, vernahm er, wie sie über den Barada-Fluss weinten, der infolge von Dürre und Vernachlässigung ausgetrocknet und verschieden war. Also nahm er sich der Kampagne an, den Fluss zu säubern und seine Ufer mit Blumen und Jasmin-Sträuchern zu schmücken. Nun begann

Damaskus einen zauberhaften Duft zu verströmen, der von den Körperzellen aufgesogen wurde, die sich in Liebe und Nachsichtigkeit öffneten. Wie schön und sauber war doch das Leben und wie sehr zu Dank verpflichtet war die Heimat Dschihâds Vermögen, das ihn selbst erschöpft hatte. Denn er war es doch gewesen, der sich mit seiner Seele und seinem Blut für den Bürger aufgeopfert hatte.

Genau in jener Ecke neigte sich der Roman *Die süße Batûsch* gerade seinem Ende zu, die dicke Zigarre verlor ihre Autorität und wurde zu wertloser Asche, der Boden der Kaffeetasse war mit klebrigem Kaffeesatz bedeckt und der Araukarienbaum neigte sich vor Müdigkeit. Dort, genau in jener Ecke, sog Dschihâd einen Happen Luft ein und entschied, dass die tendenziösen Kritiken seinen Enthusiasmus für »die Mitwirkung am Aufblühen der Nation und der Stärkung des nationalen Fleisches durch die Förderung der Heimat, ihr Recht auf Leben und Arbeit in Würde und Anständigkeit zurückzuerhalten« nicht abtöten würden. Denn das syrische Volk erfreute sich seit ewigen Zeiten eines gen Himmel gestreckten Antlitzes und einer Würde, die nicht einmal der Teufel selbst in der Lage war, herabzumindern oder zu verachten.

Viertes Detail

فؤاد

Fuâd

Die niederträchtige Sonne verscheuchte jede vorüberziehende Wolke, und das noch niederträchtigere schwarze Auto absorbierte ihre Hitze und schleuderte sie Fuâd auf die Glatze, so dass sein Kopf mit den klebrigen Schweißperlen darauf aussah wie ein Sieb. Die Ampel war defekt, und die Menschen stürmten wie Raubtiere auf die Straße, ohne sich um die Autos, die Polizei oder gar um ihr Leben zu scheren. Die Klimaanlage im Auto war gleichfalls kaputt, und Fuâd traute sich nicht, die Fenster zu öffnen. Diese verfluchte Hitze raubte ihm seine Autorität. Das sorgfältig gebügelte weiße Hemd klebte ihm am Rücken und war durch den Schweiß ganz durchsichtig geworden. Und durch das lange Sitzen hinter dem Steuer war die neue Hose zerknittert. Er holte ein Stofftaschentuch hervor und legte es sich auf die Glatze, damit es die Feuchtigkeit aufsauge und ihn vor der Hitze schütze. Jetzt sah sein Kopf aus wie ein Glas teurer Marmelade, langgezogen und mit einem rot-weiß karierten Stück Stoff obenauf. Fuâd drückte verärgert auf die Hupe, die in der breiten menschenüberfüllten Straße zu heulen begann. Er hatte das Gefühl zu ersticken. Er hatte das Gefühl, dass nicht nur die Sonne ihn belagerte, sondern auch die Menschen, die Polizei, die defekte Ampel und die Sitzung, zu der er auf jeden Fall zu spät kommen würde. Es war die erste Sitzung, die Fuâd in seiner neuen Position einberufen hatte, denn erst vor einer Woche hatte er den Posten des Verwaltungschefs der »Kommission zur Bekämpfung der Armut und zur Verbesserung des Lebensstandards« übernommen. Früher hatte er im Informationsministerium gearbeitet, dann war eine andere Person auf seine Stelle gesetzt worden, und der Minister wusste nicht, was tun. Also ordnete er an, ihn zur »Kommission für Funk und Fernsehen« zu schicken, und kaum waren ein paar Monate vergangen, da begannen die Beamten zu hungern. Sie protestierten gegen den neuen Direktor, dessen Gefräßigkeit die Institution ruinierte. Nach diesem Skandal entschied der Minister, ihn einer Zeitung als Politikexperten zum Geschenk zu machen, doch die staatlichen Zeitungen quollen bereits über vor Experten und Analysten. Er könnte ihn stattdessen als Korrespondenten des Staatsfernsehens in irgendein Land schicken, dann wäre er ihn auf immer los, aber die arabischen und internationalen Hauptstädte beherbergten schon zu viele Korrespondenten, die ihren Job in der Heimat verloren hatten. Zudem war Fuâd fünfzig Jahre alt und taugte kaum mehr für die beschwerliche Tätigkeit eines Korrespondenten. Wo sollte er also hin mit ihm? Ins Außenministerium? Ja, er würde mit dem Außenministerium sprechen und Fuâds Kompetenzen loben, dann würde man ihn dort in der Verwaltung einstellen oder als Berater oder was auch immer. Tatsächlich wurde er als Diplomat in ein befreundetes arabisches Land entsandt. Nach weniger als einem Jahr aber verhaftete die Regierung des befreundeten Landes den Botschaftersohn, der sich die Taschen mit dem Geld des Botschaftstresors vollgestopft hatte, als er in sein Heimatland ausreisen wollte. Kein Problem, da kehrte Fuâd halt in die geliebte Heimat zurück, erhobenen Hauptes und voller Stolz auf seinen abenteuerlustigen Sprössling. Um diesen Skandal wieder gutzumachen und nicht nur sein eigenes, sondern auch Fuâds Ansehen zu wahren, der mittlerweile für seinen Hang zum Diebstahl bekannt war, befand der Minister, man müsse ihn nun rasch auf irgendeinen Posten setzen. Die Nation sieht schließlich bei bedeutenden Persönlichkeiten angesichts ihrer produktiven Fähigkeiten und ihrer über Jahre hinweg genährten Erfahrungen geflissentlich über banale Diebstähle hinweg. Also schlug er ihm die »Armutskommission« vor, war sie doch erst vor ein paar Jahren ins Leben gerufen worden und tatsächlich so arm, dass es dort nichts gab, was hätte gestohlen werden können.

Die Sonne ließ den Schweiß noch immer beharrlich fließen, und die Ampeln waren noch immer außer Funktion, die Menschen strömten noch immer in Scharen über die Straße und der Polizist stand noch immer an seinem Platz und betrachtete den Stau, ohne sich zu rühren. Das Stoffstück lag noch immer auf Fuâds Glatze, die Ränder hingen vor Nässe schlaff herunter und das Knallrot hatte seine Farbe eingebüßt. Es rutschte ein wenig nach vorne und verdeckte seine Augen, er schob es hoch, es rutschte wieder, und er schob es erneut an seinen Platz mitten auf der Glatze.

Bereits von weitem machte Fuâd die »Kommission zur Bekämpfung der Armut und der Verbesserung des Lebensstandards« aus. Die Umrisse waren verschwommen, in der Hitze flimmerte sie wie eine Fata Morgana. Fuâd näherte sich ein wenig, und auch die »Kommission« schien einen Schritt nach vorn zu tun, Fuâd kam noch näher und sie tat wieder einen Schritt nach vorn und so weiter, bis er schließlich vor der Kommission anhielt.

Ghassân stürmte herbei, öffnete Fuâd Bey die Tür und half ihm, aus dem modrigen Sumpf herauszukommen, in dem er versunken war. Fuâd stieg aus, und um seine Schwäche abzuschütteln, bewegte er ein bisschen die Glieder. Er zog sein Jackett an, das die Schweißflecken auf seinem Rücken verbergen sollte, und betrat die Kommission. Ghassân huschte zum

Aufzug, öffnete die Tür, verabschiedete sich von Fuâd Bey und wünschte ihm einen erfolgreichen Arbeitstag.

Durch die Hintertür schlich Fuâd in sein Büro und setzte sich an seinen Schreibtisch. Dann läutete er die veraltete Kupferglocke und beorderte die schon lange wartenden Mitglieder des Exekutivbüros zur ersten Sitzung. Sie sammelten ihre Papiere zusammen, holten tief Luft, ordneten ihre Gedanken und machten sich entschlossen und all ihre mörderische Energie für die Sitzung mit ihrem neuen Direktor zusammennehmend auf den Weg. Höflich klopften sie an. Fuâd antwortete nicht. Er war gerade damit beschäftigt, die vertrockneten Schokoladenstückchen aus der Schublade seines Schreibtischs zu kauen, denn der Nutzen von Schokolade war allseits bekannt. Geschwind schob er die Schublade zu und trank einen Schluck Wasser, die schwarze Schokolade blieb dennoch auf seinen Vorderzähnen kleben. Mit seiner rauen Stimme forderte er die Kommissionsmitglieder auf einzutreten, und bedeutete ihnen mit einem Lächeln, sich zu setzen. Er sah aus wie ein Hilfe suchender Ertrinkender. Am Vortag hatte Fuâd zwar von Ghassân verlangt, ihm ein Kissen für den Stuhl zu besorgen, so dass er ein wenig höher zu sitzen komme, doch das Kissen war noch nicht fertig geworden. Aus diesem Grund konnten die Mitglieder der Exekutivkommission lediglich den Kopf ihres in seinem Stuhl versunkenen Direktors ausmachen. Während sie ihre Plätze auf den sechs Stühlen einnahmen, die dem Schreibtisch gegenüber standen, spürte Fuâd noch die Überreste der auf seinen Zähnen klebenden Schokolade und befahl seiner Zunge, ihre Arbeit zu beginnen und diese ärgerlichen Schokoladenspuren zu beseitigen.

Dann befahl er Ghassân, Tee zu bringen. Tee war gut im Sommer, um dem Körper Flüssigkeit zuzuführen und der Hitze Herr zu werden. Anschließend zog er ein Heft aus der Schublade, in das er seine Anmerkungen für diese Sitzung notiert hatte, und öffnete es langsam. Das Heft befand sich auf gleicher Höhe wie sein Kopf. »Ich habe hier einige Maßnahmen für die Entwicklung der Arbeit der Kommission notiert und möchte sie Ihnen vortragen, damit wir darüber sprechen können. Der Dialog ist, wie Sie wissen, das wichtigste Mittel für die Fortentwicklung und Überprüfung der eigenen Arbeit, für die Selbstkritik, für die Aufdeckung der Korruption und um herauszufinden, wo sich die Schwachpunkte und möglichen Mängel verbergen, die zur Bedeutungslosigkeit der Kommission und zur Stagnation ihrer Entwicklung geführt haben.« Die Anwesenden nickten als Zeichen ihrer Bewunderung über das Bewusstsein ihres neuen Direktors und seinen Wunsch nach Entwicklung und Erneuerung beifällig mit dem Kopf.

»Diese Maßnahmen sind Ausdruck unseres kollektiven Wunsches nach Veränderung.« Dann hielt er einen Augenblick inne, als hätte er gerade ein neues

Detail entdeckt, warf den Kommissionsmitgliedern einen Blick zu, der überragende Klugheit erkennen ließ, und sagte: »Wissen Sie eigentlich, meine Lieben, dass die Armen der Welt am ehesten fähig sind, Veränderungen zu bewirken? Wissen Sie, dass die wichtigsten Revolutionen, die zu einer Veränderung in der Welt geführt haben, von den Armen gemacht wurden? Denn die Not, die der Mittellose durchlebt, lässt in ihm göttliche Energien zum Ausbruch kommen, die ihn dazu antreiben, die bittere und düstere Realität, in der er lebt, zu verändern. Und da unsere Kommission sich mit der Armut und der Verbesserung des Lebensstandards beschäftigt, müssen wir diese herabwürdigende Not nutzen, um die Mentalität, die uns regiert, zu verändern und zu erneuern. Und wir dürfen die Fähigkeiten der Armen und Werktätigen zur Veränderung nicht gering schätzen, sondern müssen sie an die Hand nehmen, um unser gemeinsames Ziel zu verwirklichen: den Wandel. Im Gegenzug müssen wir uns darüber bewusst sein, dass die Armut das Gegenteil von Freiheit ist. Denn der Arme benötigt die Hilfe anderer, und im Folgenden ist er bereit, ihm seine Freiheit gegen Geld zu schenken. Um also Freiheit zu verwirklichen, müssen wir den Lebensstandard heben.«

Die Kommissionsmitglieder blickten ihn verärgert an und bedauerten seine abgenutzte revolutionäre Einstellung.

»Um zum Thema unserer Sitzung zurückzukommen, werde ich Ihnen nun meine Vorschläge vortragen: Erstens möchte ich alle Abteilungen auffordern, uns mit genauen Informationen über die Armutssituation zu versorgen. Wir müssen außerdem realistische Zahlen über den Prozentsatz der Armut erhalten. Zweitens müssen die zuständigen Stellen uns ausländische Experten schicken, von deren Erfahrung wir profitieren können. Drittens müssen sich die Angestellten der Kommission Fortbildungskursen unterziehen, in denen ihre Erfahrungen und Qualifikationen vertieft werden.«

Auch wenn die Idee mit den Fortbildungskursen auf keine große Zustimmung fiel, weil sie ein enormes Budget voraussetzten und unnütze Anstrengung bedeuteten, milderten diese Vorschläge die Wut der Kommissionsmitglieder ein wenig.

»Zusätzlich zu all diesen Erfordernissen müssen wir einen kompletten Stab bilden, dessen einzige Aufgabe es sein wird, einen ehrlichen und offenen Dialog mit dem kleinen Mann auf der Straße zu führen, damit er seine Probleme erkennt, die von der Armut und dem Lebensstandard herrühren. Denn der kleine Mann auf der Straße, meine Lieben, ist das Rückgrat der Gesellschaft, des Systems und des politischen und kulturellen Lebens. Die Straße ist die Gebärmutter, die grenzenlose Kreativität und demokratisches Denken hervorbringt.«

Schweigen legte sich über die Kommissionsmitglieder, ihre Pupillen zitterten, die Kehlen würgten. Der neue Direktor schien verrückt zu sein. Er müsse wohl von irgendjemandem geschickt worden sein, glaubten sie, um sie in Probleme zu verstricken und in eine unbekannte Zukunft zu führen. Es begann ein Flüstern und ein Augenzwinkern, die Kommissionsmitglieder warfen einander befremdete Blicke zu, dann standen sie unvermittelt auf und empfahlen sich bei ihrem neuen Direktor, weil die Sitzung schon zu lange dauere und die Arbeit keinen Aufschub dulde. Und Fuâd entließ sie, denn schließlich hatte die Fortentwicklung der Arbeit Priorität in seinem Heft der Projekte und Planungen.

Schweigend und mit sorgenvollen Gesichtern verließen die Kommissionsmitglieder das Büro. Sie beschlossen, dem Thema höchste Bedeutung zuzumessen und alles Menschenmögliche zu tun, um die Kommission vor diesem Verrückten und Gestörten zu retten. Und Hussâm Al-Bakri, ein aktives Mitglied der Kommission mit großer Erfahrung in Sachen Krisenbewältigung, schrieb: »Wir, die Mitglieder des Exekutivbüros der ›Kommission zur Bekämpfung der Armut und der Verbesserung des Lebensstandards‹ fordern angesichts der offensichtlichen Symptome von Wahnsinn, die seine Planungen und Projekte auszeichnen, die Absetzung des neuen Direktors. Der Fuâd Hamîdo Genannte wiederholte in unserer ersten Sitzung das

Wort ›Veränderung‹ zehnmal, das Wort ›Freiheit‹ fünfmal, das Wort ›Demokratie‹ zweimal. Die Worte ›Entwicklung‹ und ›Erneuerung‹ jedoch waren der eigentliche Motor seiner Rede. Auch beschuldigte er die Straße, die Gebärmutter zu sein, die Freiheit und Demokratie gebäre. Damit ruft er die Straße zum Umsturz auf, sät Zwietracht und setzt die Sicherheit der Nation und des Bürgers aufs Spiel. Außerdem beabsichtigt er die Zusammenarbeit mit den Armen, Mittellosen und Werktätigen, um den Funken der Revolution der Veränderung zu entfachen. Wir wünschen aus tiefstem Herzen, dass Herr Fuâd Hamîdo wahnsinnig und gestört ist, denn sollte er bei vollem Verstand sein, wären die Konsequenzen seines Tuns verhängnisvoll. Dann ist er vielleicht ein Agent. Oder er wurde eingeschleust. Oder zumindest arbeitet er mit ausländischen Mächten zusammen. Wir danken Ihnen für Ihren Einsatz für unsere Sicherheit und die Stabilität unseres wunderschönen Landes. Und wir schätzen sehr, dass Sie ein offenes Ohr für unsere Sorgen haben.«

Am nächsten Tag kehrte Fuâd in seine Wohnung zurück, die er vielleicht nicht wieder verlassen wird. Denn diesmal ging es nicht mehr nur um Geld, Korruption und Diebstahl, sondern um die Sicherheit der Nation, die kostbarer ist als alles andere.

Fünftes Detail

حنان

Hanân

Kaum wird ihr Name genannt, zeichnet sich auf den Gesichtern ein vielsagendes Lächeln ab, die Augen zwinkern spöttisch. Es ist Hanân. Hanân, die attraktive, die mit den honigfarbenen Augen, der eitlen russischen Nase, den weinroten Lippen, der hohen Statur, dem fülligen Körper und den langen kastanienbraunen Haaren.

Hanân, die mit allen Menschen gleich vertraulich und freundlich verkehrt. Die den Tumult und den Lärm liebt. Die Riten und heilige Bräuche ablehnt. Ihr Mann braucht morgens eine geschlagene Stunde, um die Tasse Kaffee zu trinken, vier Zigaretten zu rauchen und Fairuz zu lauschen, deren Stimme durch die Mauern dringt. Hanân hasst diesen morgendlichen Ritus. Sie steht um zehn Uhr auf, trinkt Kaffee und raucht hastig, sucht im Radio nach einem lärmenden Lied, summt die Melodie mit und beginnt ihren Tag, der allen anderen Tagen gleicht. Osâma arbeitet zu Hause, nur selten verlässt er morgens das Haus. Er liest die drei offiziösen Zeitungen, die in aller Frühe gebracht werden, betrachtet die Überschriften, denkt über die Aufmacherartikel nach, verfasst seinen Artikel und schickt ihn an die Zeitung. Hanân interessiert sich nicht für die Nachrichten der Welt, sie liest keine Zeitung, behauptet aber stets, dass sie *Al-Safîr*, *Al-Hayât* und *Al-Nahâr* bevorzuge, weil die syrischen Zeitungen das Glas zerkratzten. Die Papierqualität sei schlecht und die billige Tinte verschmiere die Scheiben, so dass sie nach dem Putzen schmutziger seien als vorher. Auch gebe es in den syrischen Zeitungen immer nur die gleichen Kreuzworträtsel, und die machten sie nur dümmer.

Es schien ein Tag wie alle anderen zu werden. Wie immer hatte die Sonne ihre Zunge ausgestreckt und sich von Osten her am Horizont festgekrallt, um Stück für Stück emporzusteigen, bis der Sommerhimmel sie festhielte und sie auf der anderen Seite wieder herunterwürfe.

Tatsächlich begann dieser Morgen wie alle anderen. Wie alle Morgen seit dem Auftauchen des ersten Lebewesens auf der Erde. Die Vögel flogen im Schwarm aus ihren Nestern auf, um den Beginn eines neuen Tages anzukündigen. Die reichen Rentner strömten in furchterregenden Massen auf die Straßen, um in der Hoffnung, ein wenig von dem Fett wieder loszuwerden, das anzusetzen sie lange gebraucht hatten, ihren Morgensport zu treiben.

Dieser Morgen musste ganz einfach wie alle anderen Damaszener Julimorgen sein. Die Fenster der von den durchgemachten Nächten ermüdeten Wohnungen waren noch nicht geöffnet. Die Karren, deren Besitzer Gas, Obst, Gemüse oder Taschentücher verkauften und die nicht müßig wurden zu hupen, waren zu dieser frühen Stunde noch allein auf den Straßen unterwegs. Keine Frau ließ sich blicken, die von ihrem Fenster aus schreiend eine Gasflasche kaufen oder um den Preis eines Kilos Kartoffeln feilschen wollte, der erbarmungslos und ohne Scham weiter in die Höhe stieg.

Bis hierher, bis zur Scham, glich dieser Morgen allen anderen schwülen Damaszener Morgen. Doch ganz plötzlich war er es nicht mehr. Denn Hanân verließ ganz gegen ihre Gewohnheit um sieben Uhr das Bett. Osâma, der wie ein Kind schlafend neben ihr lag, schaute sie nicht an. Unter normalen Umständen war Osâma kaum zu sehen in ihrem breiten Bett. Sein schmächtiger Körper krümmte sich unter der Decke, so dass man ihn für eine Deckenfalte hätte halten können. Wenn dieser hagere Körper tief schlief, verwandelte er sich in einen seelenlosen Leichnam.

Bis jetzt schien dieser Morgen ein normaler Morgen zu sein, sogar für den tief schlafenden Osâma, denn er wusste noch nicht, dass Hanân zu dieser frühen Stunde das Bett verlassen hatte.

Ganz gegen ihre Gewohnheit schlich sie sich also

genau um sieben aus dem Bett. Um Osâma nicht zu wecken, bewegte sie sich ganz behutsam. Sie öffnete die Balkontür und sog den frischen Morgenduft ein, den Gott allmorgendlich je nach Laune heranwehen ließ, wenn Er aufstand. Sie ging in die Küche. Goss Wasser in die Kupferkanne. Sie liebte den Rostgeschmack. Sie zündete das Gas an. Das Wasser kochte. Sie gab zwei Löffel bronzefarbenes Kaffeepulver mit Kardamom hinein. Der Schaum begann sich auf der Oberfläche zu bilden, und Hanân konnte ihr Gesicht nicht mehr darauf erkennen. Sie holte ihre Lieblingstasse hervor, die das erste Detail war, das sie diesen Ritus lieben ließ. Diese Tasse war Teil ihres Kaffeerituals. Sie ging auf den Balkon, der zum Kassjûn-Berg blickte, um ihm nahe zu sein. Nahe bei seinem Morgen, der gewöhnlich um Viertel nach sieben begann. Sie setzte sich auf den Korbstuhl und begann über diese Details nachzudenken, eines nach dem anderen genießend. Sie liebte das eine Detail mehr als das andere und ließ sie sich noch einmal durch den Kopf gehen. In der linken Hand hielt sie die Kaffeetasse, während sie mit den Fingern der rechten Hand gemächlich über deren Rand strich, als lebte sie in den kleinen Zellen des Porzellans. Es bereitete ihr großen Genuss, den Rand zu berühren. Sie dachte, dass sie ihn liebte. Dass sie sterben würde, wenn sie ihn nicht mehr sehen könnte. Sie erinnerte sich an die Details seines Gesichts, für einige Augenblicke verwandelte sich die Tasse in diese Details. Sie berührte den Rand, als striche sie über die feinen Züge seines Gesichts. Über seine breite Stirn. Dann ein klein wenig hinunter, berührte sie seine magisch zusammengezogenen Augenbrauen, bewegte ihre Finger weiter abwärts und gelangte zu der süßen langen Nase, dann ließ sie ihre Hand vor Angst sinken, so dass sie sich auf seine Lippen legte, die vom vielen darauf Herumbeißen ganz rissig waren. Hier, genau bei seinen Lippen, nahm sie einen Schluck Kaffee und atmete tief durch.

Osâma wusste alles. Doch immer, wenn er beschloss, seine Qualen zu enthüllen und Hanâns falschem Spiel ein Ende zu bereiten, musste er an ihre starke Persönlichkeit, ihre Tigeraugen und ihre selbstsichere Stimme denken. Er fürchtete die Konfrontation. Er fürchtete, sie zu verlieren, der Annehmlichkeit des Zusammenlebens mit ihr verlustig zu gehen. Zumindest streckte er sich jeden Abend neben ihr im Bett aus. Sog ihren Atem ein und schlief beruhigt ein. Hanân ähnelte ihm überhaupt nicht, aber er war süchtig nach ihr. Ihr Mut, ihre leidenschaftlichen Initiativen und ihre Fähigkeit, sich in das Leben anderer einzuschleichen, hatten Osâma bei seiner Arbeit geholfen und ihn beschützt. Ihre Beziehung zu Dschâbir hatte aus Osâma den bedeutendsten Journalisten seiner Zeitung gemacht. Wenn er zur Arbeit ging, umschmeichelten ihn alle, und der Chefredakteur holte bei allen Neuerungen oder Reformen seinen Rat ein.

Manchmal bat er ihn sogar bei der Wahl der Farbe seiner Kleidung, bezüglich der Beziehung zu seiner Frau, die sich nach dem sechsten Kind in einen Tisch verwandelt hatte, oder in Fragen der Kindererziehung um Rat.

Plötzlich erschnupperte Hanân seinen Duft. Er umspielte ihre schmale Nase und stieg ihr zu Kopfe. Es war nicht nur ein Geruch. Sie erinnerte sich daran, wie sie an jenem Abend getanzt hatten, umgeben von einer vor Schweiß und Liebe triefenden Menschenmenge. An jenem Abend hatte ihre Nase viele Körpergerüche eingesogen. In dem Atem, der aus ihren Nasen und Mündern geströmt war, schwang eine klebrige Feuchtigkeit mit, die sich in jeden Winkel des Ortes einnistete und ihn wie eine fixe Idee bewohnte. An jenem Abend konnte Hanân den Geruch seines Atems unterscheiden, sie spürte eine Liebe, die ihr Blut in Wallung brachte, sie fühlte eine ungeheuere Sicherheit, sie empfand in jenem Augenblick, dass dieser Geruch Ausdruck ihrer Zugehörigkeit zu ihrer Seele und ihrem Körper war, ihrer Zugehörigkeit zu diesem seltsamen und manchmal harten Leben. Sie sog ihn ein und gravierte ihn in ihre Erinnerung und in die Windungen ihres Hirns ein, und so kam es, dass sie täglich an ihn denken musste. Sie wurde süchtig nach ihm und fühlte sich nicht mehr imstande, ihrem Bedürfnis und ihrer Sehnsucht nach ihm zu entfliehen.

Dschâbir war kein widerwärtiger alter Mann wie Kâssi Al-Sâfi. Er war auch nicht wie Dschaafar Tâha, der sich mit der Zeit in einen dreckigen Putzlappen verwandelt hatte, den man in Krisenzeiten brauchte. Genauso wenig ähnelte er Issa Chidr, diesem Mann im Ruhestand, der zu nichts Nutze war, außer über die Trümmer seines Ruhms und seiner Macht zu heulen, die vergangen waren. Dschâbir war anders. Ein vor Leben sprühender Mann. Er hatte das Strahlen seiner erdbraunen Augen noch nicht eingebüßt. Seine Attraktivität war außergewöhnlich, ihr war etwas Besonderes zueigen, denn er gehörte nicht zu den üblichen Leuten, in deren Gesichter wir stundenlang blicken müssen, bis uns einfällt, wo wir sie schon einmal getroffen haben. Seine laute Stimme war nicht abstoßend und sein unverschämtes Lachen nicht vulgär. Sein brauner Teint wirkte wie eine Mischung aus klebriger Schokolade, frischer Milch und einer gerösteten Kastanie und vielleicht noch ein paar Stangen Zimt. Der Schatten seiner Wangen, auf denen ein zarter Flaum wuchs, verzauberte, besonders in der Dunkelheit.

Hanân blickte von ihrem Balkon auf die alte, schmale Gasse. Auf das Pflaster, das schon als antik bezeichnet werden konnte, nachdem die meisten Bürgersteige von Damaskus mit kitschigen rosa-knallgelben Platten gepflastert worden waren. In dieser Gasse hatte man die schwarzen französischen Marmorplatten bewahrt, deren Seele sich bei Nässe verjüngte und von deren Glanz der Geruch von mit Regenwasser vermatschter Erde aufstieg. Hanân beugte sich über das verzierte mehlfarbene Geländer. Sie betrachtete ihr neues Auto, das in der Nähe der Haustür geparkt war. Das teure moderne rote Auto passte nicht zu dem Gebäude in altem französischem Stil, das mit Köpfen von Raubtieren – Tiger, Löwen und listigen Füchsen – ausgestaltet war.

Wieder dachte sie daran, wie sie an jenem Abend getanzt hatten, umgeben von einer vor Schweiß und Liebe triefenden Menschenmenge. An jenem Abend hatte Hanân Dschâbir in sein von Schweiß und Liebe feuchtes Ohr geflüstert. Sie hatte gesagt, sie könne die Vulgarität der neugierigen Taxifahrer nicht mehr ertragen, von denen manche zudringlich würden, während andere täglich Berichte über die Ansichten der armen Bürger verfassten, ja, sogar über die der Alten, deren Jugendlichkeit für einige Augenblicke aufblühte, wenn sie ein hübsches Mädchen erspähten. Sie sagte, sie sterbe vor Neid auf seine verwöhnte Frau. Sie hauchte ihm ins Ohr, dass sie ihn liebe und dass er anders sei als alle anderen Männer, mit denen sie Umgang gehabt habe. Dass sie den Anblick seines Körpers und die Erinnerung an die Berührung seiner zarten Finger nicht aus ihrer Vorstellung vertreiben könne, und dass sie ein Auto wolle, nur ein Auto, was bedeutet schon ein Auto für dich, Dschâbir, das wird doch dein Budget nicht ankratzen, es kostet dich doch nichts, es wird den Geldhaufen in deinem Tresor doch nicht ruinieren.

So lief es immer, einmal abgesehen davon, dass Dschâbir ein Hâtim Al-Taai war – verglichen mit Kâssi Al-Sâfi, jenem alten Mann, dessen Leidenschaft Hanân nur ein paar Bündel Tausender beschert hatte, mit denen sie Kleider gekauft hatte und meist gefälschten, manchmal aber auch echten Schmuck. Dschaafar Tâha aber hatte ihr nur die wertvollen Uhren überlassen, die er selbst einmal geschenkt bekommen hatte, oder vergoldete Mont-Blanc-Füller oder sogar Gebetsketten aus echten Perlen oder mit Diamanten besetzte, deren Glanz das Auge blendete. Issa Chidr hingegen war eine ganz andere Marke. Er hatte Hanân billige, kitschige Kleider gekauft, die bis zu einem gewissen Grad seinen hässlichen verzierten Anzügen ähnelten, welche aus dickem groben Stoff geschneidert waren. Allein Dschâbir war auf erstaunliche Weise spendabel. So hatte er etwa die Miete von Hanâns und Osâmas Wohnung für ein ganzes Jahr im Voraus bezahlt. Und ihr Kleiderschrank quoll regelmäßig über von den schönsten und kostbarsten Kleidern. In ihrer Schmuckschatulle glitzerten die wundervollsten Farben. Sogar ihr Körper wurde nun verwöhnt, denn ihr rotes Auto, das neben dem Gebäude parkte, erwartete sie voller Liebe.

Gestern hatte Abu Alaa sie angerufen. Seine Stimme

hatte gezittert vor Begierde. Er bat sie, zu ihm ins Büro zu kommen. Gewöhnlich leistete Hanân allen Einladungen Folge, denn schließlich und endlich besteht das Leben doch aus diesen anstrengenden, aber ganz sicher nützlichen Beziehungen. Abu Alaa hatte sie zufällig bei seinem Freund Kâssi Al-Sâfi kennengelernt. Das war vor zwei Jahren gewesen, am 5. Juni. Und seit jenem Tag war Abu Alaa nicht mehr imstande, den Faden seiner Macht und seiner tyrannischen Herrschaft fest in den Händen zu behalten. Hanân hatte begonnen, an seiner Statt über das Schicksal seiner Freunde zu bestimmen. Sie schob einen zur Seite und erlaubte einem anderen die Annäherung. Sie ließ ihn einen hassen und einen anderen lieben. Und Abu Alaa lieferte sich ihren Wünschen vollkommen aus. Doch nun hatte sich die Situation verändert, nun war Abu Alaa Dschâbirs Todfeind geworden. Zum ersten Mal stand Hanân vor einer schwierigen Wahl: Entweder Abu Alaa, dieser kluge Sechzigjährige, von dessen Tyrannei sie profitierte und an dessen Entscheidungen sie beteiligt wäre, wenn sie mit ihm eine Freundschaft pflegte. Oder der hübsche attraktive nahe ferne magische starke zerbrechliche Dschâbir, der noch weitere unzählbare Eigenschaften aufzuweisen hatte. Es war eine äußerst schwierige Wahl. Denn jeder der beiden hatte seinen eigenen Geschmack. Und jeder der beiden hatte seine besondere Stärke. Hanân dachte, dass sie zu dieser frühen Stunde nichts anderes tun könne, als ihr neues Auto zu betrachten, und jene alte Gasse, in die die Träume eingegraben waren. Und diese zweitrangige Entscheidung auf die Nacht zu verschieben, wenn sie ins Bett schlüpfte, die Dunkelheit anstarrte und nachdachte. Ihr sanftmütiger Ehemann hingegen, der sich jeden Abend wie eine zutrauliche Katze an sie schmiegte, würde ihr in der Dunkelheit ins Gesicht blicken und Gott dafür danken, dass er ihm diese großartige und opferbereite Frau geschenkt hatte.

Sechstes Detail

سميح

Samîh

Das Knattern der Autos betäubte die Ohren, der Stau ließ die Aufmerksamkeit schwinden, das Chaos verursachte einen bösartigen Lärm. Innerhalb dieser bizarren Melange aus Menschen, Autos und Lastwagen war Samîh auf der Suche nach einem Opfer, mit dem er sich über das Leben würde unterhalten können. Er hatte bereits eine ganze Weile Ausschau gehalten, doch ohne Erfolg, denn die Menschen waren hungrig und nicht mehr in der Lage, in ein Taxi zu steigen und die fünfzig Lira zu blechen, die sich wegen des dichten Verkehrs leicht summieren könnten. Und wenn die Menschen hungrig waren, hieß das für Samîh zweifelsohne gleichfalls Hunger. Ob er satt war oder nicht, das hing von den Sorgen der Menschen ab, vom Plaudern darüber, vom Nutzen, den man bis zur äußersten Grenze daraus ziehen konnte.

Normalerweise ging Samîh um sieben Uhr morgens aus dem Haus, wenn auch die Beamten ihre Wohnungen verließen. Und an jenen Tagen, an denen Gott die inständigen Gebete seiner Mutter erhörte, kehrte er abends mit aufregenden Geschichten und Beleidigungen im Gepäck nach Hause zurück, die ihren Urhebern ein ungewisses Schicksal bescheren könnten. Ein entbrannter Puls, das war, wie Samîh es beschrieb, der Puls der Straße.

»Ich bin dreißig Jahre alt, unverheiratet und wohne mit meiner Mutter zusammen. Meine einzige Schwester ist mit einem kleinen Offizier verheiratet und lebt in einem der halb legalen und planlos entstandenen Wohnviertel. Mein Vater starb bei einem Verkehrsunfall auf der Straße Dschabla-Damaskus. Ich habe dieses Taxi gekauft, um die Ehre meiner Mutter zu schützen und sie vor der Not zu bewahren.« So lautete die Selbstbeschreibung, die Samîh seinen Fahrgästen täglich dutzende Male zu Gehör brachte.

Die Beschreibung von »Hâdschar«, Samîhs Auto, das war allerdings eine andere Geschichte. Die Ledersitze waren mit wärmender Schafwolle bedeckt. Ein künstlicher Weinstock hing vom Autohimmel herab, dessen rote und grüne Reben über den Köpfen der Fahrgäste baumelten. Vorne im Wagen hing ein von künstlichem Jasmin umrankter goldfarbener Rahmen mit einem Foto, auf dem Samîh auf dem »Jugendfestival« von Dschabla, das zur Provinz Tartous gehört, eine Silbermedaille entgegennimmt. Auf dem Rückspiegel saß ein kleines Vögelchen mit verschmutzten ausgeblichenen Federn, das bei jeder starken Bremsung zu zwitschern begann. An allen vier Seiten des Autos wölbten sich grelle Lampen hervor, die das Auge durch ihr aufdringliches Licht schmerzten und deren ausstrahlende Wärme die Kopfhaut schier zum Schmelzen brachte. Das Lenkrad sah aus wie eine Girlande, die an ihren kuriosen Plastikblumen zu ersticken drohte. Dies alles war für Samîh der Gipfel der Schönheit. Er liebte sein gelbes Auto und verwöhnte es, etwa wenn er Sprüche darauf schrieb wie: »Folgen Sie mir nicht, ich bin verlobt«, oder »Prinzessin Hâdschar« oder »Kein Jüngling gilt mir etwas außer Ali, und kein Schwert außer Sulfuqar«.

Samîh war ein sympathischer, vor allem aber ein außergewöhnlicher Mensch. Auf seinen dunklen Augen lag stets ein kleiner Tränenteich. Der oben hervorstehende Knochen seines langen Nasenbeins verlieh ihm zusätzlichen Ernst. Seine von den langen Hamra-Zigaretten und dem Matetee gelblich verfärbten und vernachlässigten Zähne standen beharrlich weit auseinander. Sein Brustkorb war so schmal, dass er geradezu am Rücken klebte. Er war groß gewachsen, sein Haar vorne kurz und hinten lang, was seinen länglichen flachen Hinterkopf betonte.

Endlich machte Samîh einen Mann aus, der ihm von weitem zuwinkte. Mitte vierzig. Mit einem von Kummer gezeichneten Gesicht, das von vorzeitigem Altern kündete. Er trug eine fahle, alte, mit Flicken übersäte Jacke. Seine an den Beinen zerrissene Hose, die um die Hüften zu weit war, wölbte sich an den Knien. Die verstaubten Schuhe klafften vorne weit auseinander, als würden sie sich über ihr eigenes Ende lustig machen. Der Mann setzte sich neben Samîh und bat ihn, nach Harasta zu fahren. Daraufhin hob Samîh auf eine Art, die nicht eines gewissen Stolzes entbehrte, die Schultern und krempelte die Ärmel hoch, so dass eine Tätowierung in Form eines Dolches auf seinem Arm sichtbar wurde, neben dem geschrieben stand »Ich liebe dich«.

Argwöhnisch blickte Samîh zu dem Mann hinüber:

»Sie arbeiten anscheinend hier in der Nähe als Beamter und haben sich früh aus dem Staub gemacht, weil Sie erschöpft und niedergeschlagen sind?«

»Nein.«

»Dann wohnen Sie sicher in der Nähe, und Ihre Arbeitsstelle ist in Harasta, aber Sie haben sich verspätet, weil Sie erschöpft und niedergeschlagen sind?«

»Nein.«

»Was ist denn dann los? Warum tragen Sie die Sorgen der ganzen Welt auf Ihren Schultern?«

»Meine Mutter ist gestern gestorben. Ich bin hierher gekommen, um eine Sterbegenehmigung zu erhalten, damit wir morgen früh für ihre Seele beten und sie beerdigen können.«

»Braucht der Tod jetzt wirklich schon eine Genehmigung?« Samîh sagte diesen Satz so voller Ironie, dass selbst er von seinen theatralischen Fähigkeiten überrascht war. Dann setzte er das Gespräch, ganz von sich eingenommen, fort: »Also ich persönlich kann nicht mehr begreifen, was in diesem Land eigentlich vor sich geht. Wenn man lebt, braucht man eine Genehmigung, und wenn man stirbt, auch; wenn man heiratet und wenn man sich trennt; wenn man Kinder kriegt und wenn man abtreibt; wenn man etwas verkauft oder kauft; wenn man einen Job findet und wenn man entlassen wird. Unglaublich! Das ist doch nicht mehr zum Aushalten.«

Der Mann verharrte in Schweigen, er nickte nicht einmal. Da sah Samîh ihn an und fragte allen Ernstes: »Ist die Frau Mutter eines natürlichen Todes gestorben oder hatte sie einen Herzanfall?«

»Herzinfarkt. Sie ist in der Nacht gestorben. Als wir morgens aufwachten, fanden wir die ausgestreckte, kalte Leiche auf dem Bett.«

»Es gibt keinen Gott, außer Gott. Gottes Segen sei mit ihr. Möge Gott sie und alle miteinander segnen. Verzeihen Sie mir meine Zudringlichkeit, aber meiner Meinung nach ist Ihre Frau Mutter durch den Stress gestorben, der den ganzen lieben langen Tag auf ihr lastete. Ich habe keinen Zweifel daran, dass Ihre Frau Mutter jeden Abend ihren Unmut heruntergeschluckt hat und schweigend schlafen gegangen ist. Sagen Sie mir jetzt nicht, sie war zufrieden. Wer von uns ist denn schon zufrieden, Mann? Ich bin sicher, dass Ihr

Gehalt und das Gehalt Ihrer Brüder, wenn Sie Brüder haben, nicht einmal ausreicht, um die Beerdigung und die Trauerzeremonie zu bezahlen. Es ist doch wirklich nicht mehr zum Aushalten, Mann.«

Der Mann ließ keinerlei Reaktion erkennen. Deshalb setzte Samîh nach: »Ist doch so, oder?«

»Meine Mutter hat in Wahrheit seit dem Tod meines Vaters keinen einzigen schönen Tag erlebt. Sie wohnte bei uns zu Hause, aber sie vertrug sich nicht mit meiner Frau. Deshalb hat sie mich ständig darum gebeten, sie in ein Altersheim zu geben.«

»Na klar, und wie sollen Sie sie in ein Altersheim geben? Erstens ist das viel zu teuer und zweitens verwerflich. Die Verantwortlichen in unserem Land haben doch keinen einzigen Gedanken daran verschwendet, einen angenehmen und hübschen Ort für die betagten Menschen zu schaffen. Die Alten brauchen eine wunderschöne Natur, besondere Aktivitäten und gesundes und gutes Essen. Meinen Sie nicht auch?«

»Sicher. Aber ich habe sie aus sentimentalen Gründen nicht ins Altersheim gegeben. Ich hing sehr an ihr und konnte sie nicht einfach so wegwerfen.«

»Verzeihen Sie, aber laut Psychologie haben Sie jetzt das Wort ‚wegwerfen' nicht einfach so aus Zufall gesagt. Das bedeutet also, dass Sie zugeben, dass die Altenheime in unserem Land so etwas sind wie Müllkippen.« Der Mann nickte unbeteiligt. Es verging eine

Weile, dann suchte Samîh nach einer neuen Möglichkeit.

Er schaute den Mann mit einem mitleidig-boshaften Blick an und sagte: »Wenn Ihre Frau Mutter aus Kummer über den Verlust Ihres Herrn Vater gestorben ist, dann versuchen Sie jetzt nicht, mich davon zu überzeugen, dass Ihr Vater aufgrund eines natürlichen Todes verschieden ist. Er war bestimmt ein unglücklicher, von ständigen Sorgen geplagter Mensch.«

Der Mann pflichtete Samîh mit einem Kopfnicken bei, setzte aber hinzu: »Ehrlich gesagt hat mein Vater vier Jahre lang gegen die schreckliche Krankheit angekämpft – möge Gott uns davor schützen.«

Verwundert zog Samîh seine Augenbrauen hoch: »Entschuldigen Sie, wenn ich Sie unterbreche, mein Herr«, entgegnete er, »aber ich verstehe wirklich nicht, wie Ihr Herr Vater die Krankheit ganze vier Jahre lang hatte ertragen können. Seien Sie mir nicht böse, ich bitte Sie, aber wenn wir Gesunden uns schon nicht an dieses ungerechte Leben klammern, wie kann dies dann ein Kranker tun?«

Der Mann schien zusehends verärgert. Vermutlich war er Samîhs Drängen überdrüssig. Erst gestern war seine Mutter verstorben, und ihre Leiche lag noch immer im Kühlraum des Krankenhauses von Harasta – obgleich es doch der Respekt gegenüber den Toten gebot, sie zu beerdigen. Doch Samîh hielt keinen Augenblick inne und setzte unverzüglich seine

Beschäftigung fort, von der er und seine Familie lebten. Er hob seine Hand und berührte dabei aus Versehen das Vögelchen, das vom Rückspiegel baumelte, so dass es ein durchdringendes Zwitschern von sich gab. Dann landete Samîhs Hand ohne Vorwarnung auf der Schulter des armen Mannes, der dadurch aus seinen Gedanken an den Tod und die Einsamkeit gerissen wurde. Aufgeschreckt durch diese unerwartete Geste, blickte der Mann Samîh fragend an, und Samîh setzte seine Rede fort, als wäre nichts gewesen:

»Ich arbeite jetzt seit drei Jahren als Taxifahrer, und das Radio ist mein einziger Kontakt zur Außenwelt. Einmal habe ich mich wirklich über ein Programm in Radio Sawa gewundert das hieß ›Ihre Gesundheit und Sie‹. Ich habe da gehört, wie sie sagten, dass die Krankheit, an der Ihr Herr Vater erkrankt war, Gott schütze uns davor – ich meine vor der Krankheit, nicht vor Ihrem Herrn Vater – in jedem Körper steckt, aber nur bei mangelnden Abwehrkräften ausbricht. Und die Abwehrkräfte schwinden, das wissen Sie genau, durch Kummer und Sorgen und Katastrophen. Was ich damit meine, ist, kurz gesagt, dass Ihr Herr Vater – Gott sei seiner Seele gnädig – wegen der Sorgen und des Grams und der Armut erkrankte und vielleicht wegen des Leids und der Verzweiflung und des Elends, so dass seine Abwehrkräfte schwanden, und alles kam, wie es kam.«

Es schien, dass Samîhs Worte den Kummer des Mannes noch vergrößerten, so dass ihm nichts anderes übrig blieb als zu schweigen. Es war dies eines der seltenen Male, bei denen es Samîh wirklich schwer fiel, ins Herz seines Kunden vorzudringen und dessen Sorgen aufzustöbern, die wie eine Seidenraupe an den Adern klebten. Doch er würde nicht aufgeben. Seine Mutter wartete zu Hause, aber die Menschen waren hungrig und nicht mehr in der Lage, die fünfzig Lira zu blechen, die sich wegen des dichten Verkehrs leicht summieren könnten.

Er schaute den Mann an und sagte vollkommen ungerührt: »Wissen Sie, mein Herr, dass ich das Radio nicht ausstehen kann, aber dass ich, wie ich Ihnen schon sagte, seit geraumer Zeit gezwungen bin, ihm zu lauschen, weil es mein einziges Fenster zur Welt ist. Aber ehrlich gesagt, Radio Damaskus kann ich nicht ausstehen. Ich hasse diese dämlichen Moderatoren, die einem vorkommen, als wären sie aus der Steinzeit. Und diese uralten Lieder, die längst ausgestorben sind, öden mich an. Selbst die Nachrichten bei denen sind gefälscht und frei erfunden. Stimmen Sie mir zu?«

»Ich stimme Ihnen in allem zu«, erwiderte der Mann, »aber ich bitte Sie, ein bisschen Tempo zuzulegen, denn ich habe es eilig.« Samîh krempelte sich erneut die Ärmel hoch und drückte aufs Gas. Der Wagen schoss los, und das Vögelchen begann wegen des Tempos zu lamentieren. Aber keiner wollte kapitulieren. Nicht das Vögelchen und nicht Samîh. Ernsthaft fuhr Samîh fort: »Aber Radio Sawa, das ist was anderes. Die haben anständige Nachrichten, mein Herr, die drücken den Puls der Straße aus. Die sagen die Wahrheit über die Unterdrückung, der wir täglich ausgesetzt sind. Und sie haben unentwegt die Nachrichten über die armen Gefangenen im Auge. Sie wissen natürlich, dass Radio Sawa zum amerikanischen Satellitensender Al-Hurra gehört. Selbst der Fernsehsender ist anständig und berichtet objektiv. Verzeihen Sie meine Aufdringlichkeit, ich weiß genau, dass Ihre Frau Mutter erst gestern gestorben ist und dass Sie mit der Beerdigung und der Trauerzeremonie beschäftigt sind. Aber Ihre Frau Mutter ist gestern gestorben, also am Samstag. Am Freitag war sie also noch bei Ihnen. Haben Sie zufällig Al-Hurra geschaut?«

Der Mann hob den Kopf.

»Ich habe mit meiner Mutter zusammengesessen – möge Gott der Seele Ihrer Mutter und unserer aller Seelen gnädig sein – und Al-Hurra gesehen«, fuhr Samîh fort. »Es gab ein Programm mit einem syrischen Oppositionellen und einem Regierungstreuen. Sehen Sie diese Objektivität? Ein Oppositioneller und ein Regierungstreuer. Aber ehrlich, mein Herr, der Oppositionelle war viel überzeugender als der Regierungstreue. Der Oppositionelle verfügte über Argumente und eine Logik, während der Regierungstreue ein richtiger Skandal war, oder eine Katastrophe, wenn Sie so wollen. Wie ein Papagei hat er die Slogans nachgeplappert, die er auswendig gelernt hat. Und Sie erzählen mir nun, dass Ihr Vater gestorben ist und Ihre Mutter auch. Mein Herr, ich beneide die Toten mittlerweile. Zumindest sind sie ihre Sorgen los und müssen diesem dämlichen Papagei nicht mehr zuhören.«

Der Mann stimmte voll und ganz zu. Jedem Wort, das Samîh sprach, wollte er zustimmen, doch nur unter der Bedingung, dass dieser sich ein wenig beeilte, weil doch seine Mutter einsam im Kühlraum wartete.

Siebtes Detail

عمر

Omar

»Guten Morgen, Nation, guten Morgen, heldenhaftes Volk! Radio Damaskus eröffnet sein Programm mit der syrisch-arabischen Nationalhymne, dann folgen Verse aus dem Koran.«

Omar sang die syrisch-arabische Nationalhymne, die Hymne seines Landes, mit, dann stimmte er in die Koranverse ein, die die Rundfunkanstalt ausgewählt hatte. In der vergangenen Nacht hatte Omar keinen Schlaf gefunden. Gewöhnlich erwachte er mit dem Morgengebet, erfüllte seine religiöse Pflicht und schlief wieder ein. Doch heute Nacht hatte er nicht geschlafen. Nach Mitternacht war er vor lauter Unruhe erwacht und aufgestanden, um auf den Morgen zu warten. Um auf die Eröffnung seiner Moschee zu warten, die Al-Muatasim-bi-llâh-Moschee. Die Baukosten waren kolossal gewesen, aber sie machten nur einen einzigen Tropfen im riesigen Strom von Omars Vermögen aus und bedeuteten nichts angesichts seines Glücksgefühls. Aus kostbarem italienischen Marmor gebaut, dessen Reinheit nur von den Schlieren im Weiß des Marmors getrübt wurde. An den Wänden standen mit Goldfarbe geschriebene Koranverse: »Oh ihr, die ihr glaubt! Beugt eure Knie, und werft euch nieder, und dient eurem Herrn, und tut das Gute! Vielleicht wird's euch dann wohlergehen.« Die mit traditionellen Kuppeln nicht vergleichbare Mosaikkuppel war mit Gold besetzt, und in Gebetsrichtung war sie durchsichtig, so dass das Morgenlicht hindurchscheinen konnte, um den Innenhof der Moschee zu küssen. Der Bau hatte drei Jahre List und Tücke gekostet, denn der Bau einer Moschee ist keine leichte Sache.

Omar war ein Schüler von Scheich Mohammed Balût gewesen und hatte ihm sehr nahe gestanden. Ihre Beziehung war weit über die Teilnahme am Gottesdienst und an den religiösen Unterweisungen in der Moschee hinausgegangen, die dem Scheich gehörte, hatte Omar doch Fâtima, die Tochter von Scheich Mohammed, geehelicht. Dadurch hatte er sich nicht nur mit dem Scheich verschwägert, sondern auch mit dessen religiöser Ausrichtung und mit dessen Moschee, die sich im Laufe der Jahre zu einem Zentrum für islamische Studien entwickelt hatte, das von unzähligen Männern, Frauen und Kindern aufgesucht wurde. In letzter Zeit allerdings hatte sich Omar ein wenig von seinem Schwiegervater zurückgezogen, um sich von dessen religiöser Schule und dessen Denken unabhängig zu machen.

Omar blieb weiterhin still liegen. Er ignorierte sein Herz, das so stark pochte, als wollte es vor lauter heißer Energie glühende Lava aus seinem Brustkorb schleudern. Eine Ewigkeit schien ihn noch vom Morgen zu trennen. Er überlegte, noch vor dem Mittagsgebet, dem Zeitpunkt der Eröffnung der Moschee, dorthin zu gehen. Er würde seinen Traum bestaunen, der mit äußerster Mühe verwirklicht worden war. Er würde die letzten Vorbereitungen überwachen, die für den Empfang von Hunderten der vortrefflichsten Männer des Landes, Hoher Tiere und Händler, Pfeiler, Grundlagen und Stützen des Landes, getätigt werden mussten. Ganz Damaskus war eingeladen, seine Freude mit ihm zu teilen, nein, sogar alle Provinzen des Landes. In den vornehmsten Hotels würden sich heute jene tummeln, die die Strapazen der Reise auf sich genommen hatten, um an diesem Freitag dabei zu sein. Die Blumengeschäfte würden großen Zulauf haben und gigantische Kränze binden, die dem großartigen Ereignis angemessen wären. Die ersten Seiten der Zeitungen würden an den Meldungen über die Eröffnung der Moschee geradezu ersticken. Auf den Werbeplakaten in der gesamten Hauptstadt Damaskus würde ein Foto der Moschee prangen, daneben ein Foto ihres Besitzers, der nach seinem Sieg bei den Parlamentswahlen berühmt geworden war. Unser Freund, den die Einladungen anlässlich der Wahlen Millionen Pfund gekostet hatten, der zwischen Werbeplakaten und Schildern zu sehen war, auf denen seine Versprechungen und Projekte aufgelistet worden waren, falls er den Sitz im Parlament gewinnen würde. Zwischen *Mansaf* aus *Frike*, die mit Butter und Schafsfett und fettem islamisch geschlachteten Fleisch vermischt worden war, sowie exquisiten orientalischen Süßigkeiten. Inmitten der fröhlichen und farbenfrohen Dekoration seines Gastzeltes und den kleinen vergoldeten Koranen, die an das Volk verteilt worden waren, damit es ihn als seinen Vertreter wählen möge, der in seinem Namen spreche und seine Sorgen und Nöte verkörpere. Das Volk, das heute stolz auf den rechtschaffenen Omar und auf seine großartige Moschee blicken würde.

Omar ging in sein Büro, das er im Garten seines Hauses gebaut hatte. Eine Million Lira hatte er damals an die Stadtverwaltung zahlen müssen, damit sie ihm den Gesetzesübertritt gestattete. Allerdings hatte er Gott vorher um Erlaubnis gebeten, denn »der Bestechende und der Bestochene kommen in die Hölle«. Er öffnete die Schublade seines Schreibtischs und holte die Rede heraus, die er heute halten würde. Er las sie noch einmal sorgfältig durch, änderte einige Worte und korrigierte den ein oder anderen Satz. Weil er den edlen Koran und erhabene Prophetenaussprüche auswendig kannte, verfügte er über eine vorzügliche Hochsprache, die den Zuhörer in Bann zog. Er hatte außergewöhnliche Führungsqualitäten.

Er sprach mit großem Selbstvertrauen und beängstigender Perfektion. Deshalb wurde er von arabischen Satellitensendern eingeladen, in ihren verschiedenen Programmen und Nachrichtensendungen seine Meinung zu bestimmten Themen zu äußern. Es hieß, er spreche im Namen der staatlichen Nachrichtenagentur. Und es hieß auch, er sei dort eingeschleust worden, um den Eindruck zu vermitteln, dass der Spielraum für Freiheit und der Respekt für die Meinung des anderen ein wenig größer geworden seien. Denn meist sprach er in spöttischem Ton und so forsch, dass man misstrauisch wurde.

»Im Namen Gottes, des Gnädigen und Barmherzigen. Meine Brüder, meine lieben Freunde: ›Die Anbetungsstätten Gottes soll nur unterhalten, wer an Gott und den Jüngsten Tag glaubt, wer das Gebet verrichtet und die Armensteuer entrichtet und keinen fürchtet außer Gott. Vielleicht gehören jene zu denen, die sich leiten lassen.‹ Und Gott sprach die Wahrheit. ›Siehe, wir verliehen dir einen klaren Erfolg, auf dass dir Gott deine frühere und spätere Schuld vergebe und seine Gnade an dir vollende und dich führe auf einen geraden Weg.‹ Und Gott sprach die Wahrheit. Ich würde mich heute nicht an diesem edlen Geschenk erfreuen, hätten Sie mich nicht mit Ihrer noblen Anwesenheit beehrt. Ich bin heute Zeuge der Eröffnung dieser bescheidenen Moschee, und ich warte nur darauf, dass sie mit Gottes Wille, gepriesen sei Er und erhaben, Ihrem Glauben Zuflucht sein wird, Balsam für Ihre Wunden und ein Hort für Ihre Zufriedenheit. Ich bin heute Zeuge dieses bedeutenden Ereignisses, und ich bin stolz auf die Erde meiner großherzigen, toleranten und weisen Heimat. Meine Heimat, die mit guter Absicht die Offenbarungsreligionen beherbergt. Meine Heimat, auf dessen Territorium die Schlacht von Maysalûn und die Schlacht von Hittîn geschlagen wurde. Unsere Heimat, meine Brüder, über die die Zeit hinwegging, die sich jedoch weigerte, sich dem imperialistischen Plan zu beugen. Ich habe diese Moschee gebaut, damit sie Ihre Moschee ist, die Moschee unseres noblen Volkes. Auf dass sie eine Kanzel sei, um dem Feind mit der Waffe des Glaubens an Gott und den Jüngsten Tag entgegenzutreten. Mit der Waffe des Widerstands bis zum Tod. ›O ihr, die ihr glaubt! Soll ich euch zu einem Handel führen, der euch errettet vor schmerzhafter Strafe? Ihr sollt an Gott und seinen Gesandten glauben und auf dem Wege Gottes kämpfen mit eurem Gut und eurem Leben, das ist dann gut für euch, sofern ihr Wissen habt.‹ Gott sprach die Wahrheit. War nicht die Moschee das stärkste Motiv für unsere Brüder im Irak, um den Feind in die Hölle zu werfen? War nicht der Dschihâd für Gott die tödliche Waffe, um die Ungläubigen zu verstoßen und sie dem Verderben anheim zu geben? Haben unsere Freunde nicht Zuflucht genommen zur Moschee nach dem Fall von Bagdad, unsere syrischen

Brüder, die unserem Ruf gefolgt sind und in den Irak reisten, um zu kämpfen und die Erde unserer irakischen Brüder zu verteidigen? Sind wir nicht eingetreten in das abscheuliche Zeitalter der Globalisierung? Ist nicht der Glaube an Gott und den Jüngsten Tag das wirksamste Mittel, um unsere Ziele zu verwirklichen, unseren vergewaltigten Boden zu verteidigen und die Prinzipien von Gerechtigkeit und Gleichheit zu festigen? Wie Gottes Gesandter Mohammed, Gott segne ihn und gebe ihm Heil, gesagt hat: ›Die Menschen sind so gleich wie die Zähne eines Kammes, und deshalb hat der Araber keinen Vorrang vor dem Nichtaraber außer im Glauben.‹ Wenn Amerika den Islam bekämpft, die Religion der Toleranz, glaubt mir, meine Brüder, dann führt es Krieg gegen Gott, und ›denen, die gegenüber ihrem Herrn ungläubig waren, ist die Strafe der Hölle zugedacht. Welch schlimmes Schicksal!‹«

Enthusiastischer Beifall schlug gegen die hohen Mauern der Moschee und verursachte ein mitreißendes Donnern. Omar nahm ein paar Schlucke Wasser und wischte sich die Stirn mit dem weißen, rot geblümten Stofftaschentuch, das ihn begleitete, wohin immer er auch ging, denn ständig troff er vor Schweiß. Seine Wangen hatten die Farbe von Roten Beten angenommen, seine eingefallenen braunen Augen tränten, seine trockenen Lippen wurden fahl und sein kleiner Körper zog sich zusammen und blähte sich durch den Blutdruck so auf, dass er aussah, als streite er oder liege im Sterben. Durch seine Brille konnte Omar den Gouverneur der Stadt ausmachen. Infolge der Erschütterung durch das heftige Klatschen schien er herumgewirbelt zu werden, genauso wie seine Haarsträhnen, die er normalerweise fest auf seine Glatze klebte und die nun gleichfalls durch die Luft flogen. Der Bürgermeister aber war damit beschäftigt, den Reißverschluss seiner Hose hochzuziehen, der sich in dem billigen Hosenstoff verklemmt hatte.

»Meine Brüder, meine lieben Freunde ... wer von Ihnen spürt nicht die drohenden Gefahren? Wer von Ihnen träumt nicht davon, unsere notleidenden Völker von der Unterdrückung zu befreien? Wer von Ihnen erwartet nicht voller Ungeduld den Tag der Auferstehung, auf dass die Ungläubigen ihre Strafe erhalten bei ihrem Gott, dem Gott der Himmel und der Erde? Als Jesus, der Sohn Marias, sprach: ›Ihr Kinder Israels, seht, ich bin von Gott zu euch gesandt, um zu bestätigen, was vom Gesetz schon vor mir war, und einen Gesandten anzukündigen, der nach mir kommt und dessen Name Ahmad ist!‹ Als er mit den Beweisen dann zu ihnen kam, sprachen sie: ›Das ist klare Zauberei!‹ Wer ist frevelhafter wohl als jener, der Lügen gegen Gott ersinnt, wo er zum Islam doch aufgerufen ist? Gott leitet kein frevlerisches Volk. Und Gott sprach die Wahrheit. ›O ihr, die ihr glaubt! Warum sagt ihr, was ihr nicht tut? Seht, Gott liebt diejenigen, die auf seinem Weg in einer Reihe kämpfen, als wären sie ein festgefügter Bau.‹«

Der Beifall schwoll an, und das Problem mit dem Reißverschluss war noch nicht gelöst. Der Gouverneur klatschte noch immer mit aller ihm von Gott verliehenen Kraft. Der Abgesandte des Ministeriums für religiöse Stiftungen wurde von dem Beifall geweckt. Weil er seinen Schlummer überspielen und sichergehen wollte, dass niemand etwas bemerkt hatte, schloss er sich den Klatschenden übertrieben eifrig an. Omar trocknete sich mit dem vor Nässe ganz dunkel gewordenen Taschentuch den Schweiß, trank etwas Wasser und atmete schwer, denn das Gedränge hatte den Sauerstoff geschluckt, und der triefende Schweiß verdampfte zu einer Wolke aus salziger Feuchte.

»Meine Brüder, meine lieben Freunde ... Der Prophet Mohammed, Gott segne ihn und schenke ihm Heil, sagte: ›Wer eine Moschee baut, dem baut Gott ein Haus im Paradies.‹ Und von Abu Huraira wird überliefert, dass der Gesandte Gottes, Gott segne ihn und schenke ihm Heil, sagte: ›Das Liebste im Land sind Gott seine Moscheen, und das Verhassteste sind Ihm seine Märkte.‹

Werte Kameraden, Kameraden in der Religion und im Glauben an Gott, den Erhabenen und Allmächtigen, ich danke allen, die sich am Bau dieser Moschee beteiligt haben. Ich bin dankbar für Ihre fruchtbaren Bemühungen, die das Erwachen unserer islamischen Nation und unserer Zivilisation, der islamischen Zivilisation, unterstützt haben und unterstützen. Ich bitte Sie nun, den Versen des Korans zu lauschen, die Seine Eminenz Scheich Abdallah Al-Schâkir uns jetzt zu Gehör bringt.«

Omar schleppte sich wankend, als hätte die Rede ihn berauscht, zu seinem Stuhl und setzte sich schwerfällig darauf. Der Gouverneur saß zu seiner Rechten, der Bürgermeister zu seiner Linken und der Delegierte des Ministeriums für religiöse Stiftungen genau hinter ihm. Dessen Augen waren geschwollen, als sei er gerade aus einem langen Schlummer erwacht. Und um ein weiteres Mal zu überspielen, dass er eingenickt war, schlug er Omar mit seiner Pranke fest auf die Schulter. Als Ausdruck seines Stolzes und seiner Bewunderung für Omars Rede schloss er die Augen und presste die Lippen zusammen.

Aus der westlichen Ecke der Moschee kam Abdu, Omars ältester Sohn, angelaufen, das kreuzkümmelfarbene Gesicht fahl und von kaltem Schweiß benässt. Er winkte seinem Vater von weitem zu und bedeutete ihm mit einer Geste, er möge rasch zu ihm kommen. Omar entschuldigte sich beim Gouverneur und beim Bürgermeister, der das Problem mit seinem Reißverschluss noch immer nicht gelöst hatte, und lief zu Abdu, geduckt, um den Gästen den Anblick der

Moschee nicht zu verderben. Abdu nahm ihn an der Hand und zog ihn auf den Hof. Omar blickte seinen Sohn tadelnd an, weil er die Rezitation des Scheichs unterbrochen und seinen Vater gedrängt hatte hinauszukommen. Doch Abdu kümmerte sich nicht darum. Mit lachenden Augen flüsterte er seinem Vater ins Ohr, dass Herr Kâssim Abdûl, der Vertreter für amerikanische Hummer-Fahrzeuge, draußen auf ihn warte. Und dass er als Überraschung anlässlich dieser besonderen Gelegenheit das schwarze Auto mitgebracht habe, das Omar vor einer Woche gekauft hatte und das damals noch nicht fertig gewesen war.

Achtes Detail

سهر

Sahar

Wie jeden Donnerstag öffnete Sahar die Fenster ihres Zimmers und machte sich daran, die Wohnung der Nachbarn mit ihren Blicken zu verschlingen. In ihrer Phantasie drang sie durch die Vorhänge, um ein Leben zu beobachten, das nicht ihres war. Sie wurde von der Verlockung des Beobachtens mitgerissen und fügte ihrem von Phantasie überquellenden Erinnerungsvermögen neue Geschichten hinzu. Vielleicht war das Fenster der einzige Ort in der Wohnung, der Sahar wirklich gehörte. Einer Wohnung, die ihr womöglich weitaus vertrauter war als ihr eigener Ehemann Mahmûd. Sie hatte sich an die Wände und die kleinen Details gewöhnt, selbst die an einigen Stellen abgeplatzten Marmorfliesen hatten sich in ihr Gedächtnis eingeprägt. Wenn Sahar ihre grünen Augen schloss, konnte sie die Windungen des Brauns auf dem weißen Marmor nachzeichnen. Auch das bescheidene Mobiliar beschrieb sie exakt, ohne die Ecken des kleinen Kanapees in der Nähe des Fensters zu vergessen, dessen Farben, nachdem Mahmûd sich es über ein Jahr lang allabendlich darauf bequem gemacht hatte, verblasst waren.

Ihre Gier danach, Details des alltäglichen Lebens anzuhäufen, hatte in ihr eine Sorge entstehen lassen, die nicht weniger bedeutend war als jede andere philosophische und nationale Sorge auch. Jeden Donnerstagmorgen begann diese sich in ihren Adern zu regen. Dann bewegte Sahar ihren ebenmäßigen, schmächtigen Körper mit großer Ernsthaftigkeit zum Fenster, öffnete es und erging sich mit all ihrer Energie bis zum Mittag im Betrachten und Beobachten. Mit all ihren ihr zur Verfügung stehenden Sinnen widmete sie sich dem Eindringen in unbekannte Welten, um weitere winzige Details abzuschöpfen. Sie roch den Essensduft, der wie eine durchsichtige Wolke durch ihr Fenster hereinwehte. Sie atmete den Schlafgeruch ein, den die Frauen durch das Öffnen der Fenster verscheuchten. Sie sog den Geruch der Körper ein, der durch den langen Schlummer gegoren war. Sie erblickte ihren Nachbarn, der jeden Morgen vorbeikam, um Milch zu verkaufen, während er bei nationalen Anlässen wie vom Erdboden verschluckt war, weil er andernorts Bilder, Banner, Fahnen und Dekorationen feilbot. Sie sah ihn morgens mit seiner Frau Kaffee trinken. In seinem dichten weißen, leicht rötlich gefärbten Haar waren noch die Spuren des Kopfkissens auszumachen, sein gut durchblutetes Gesicht war zerknittert und sein Bauch blähte sich jeden Tag ein bisschen mehr.

Sahar lachte heimlich, bekam es indes gleich mit der Angst zu tun, dass Gott sie strafen und Mahmûd in ein paar Jahren in einen einzigen fetten Bauch verwandeln könnte. In Gedanken rief sie sich seinen Körper ins Gedächtnis und stellte ihn sich mit dickem Wanst vor, nur um zu sehen, ob ein Bauch zu ihm passe, und tatsächlich stand er ihm überhaupt nicht. Denn Mahmûd war nicht nur klein, er hatte noch dazu einen aufgedunsenen Körper, der über und über von dichtem schwarzen Haar bedeckt war, so dass er, wenn er sich entkleidete, aussah, als trage er einen schwarzen Wollpullover. Mahmûd wusste nur allzu gut, dass sie mit ihrem saftigen und ausnehmend ebenmäßigen Körper hübscher war als er. Ihre hohe schlanke Gestalt verzauberte das Auge. Ihr Mund glich laut Mahmûd einer Kirsche. Das angenehme Grün ihrer mandelförmigen Augen schien durchsichtig zu sein. Ihre straffe und glatte weiße Haut wurde von keinem Fettpölsterchen oder dunklen Flecken getrübt.

Trotz ihrer weit aufgerissenen Augen war es Sahar noch nie gelungen, den fülligen Körper ihrer Nachbarin Sumaija im Ganzen auszumachen; stets konnte sie nur die rechte oder die linke Körperhälfte erspähen.

Wie jeden Donnerstag genau zur Mittagszeit stieg

Sumaija mit ihrem langen schwarzen Gewand, das unter seiner Seide einen brünetten Körper verbarg, der schier brüllte vor lauter Falten und Geschichten, schwankend die ermüdend lange Treppe hinauf und läutete an der Tür.

Kaum hatte sie geklingelt, da begann sie schon die Knöpfe ihres schwarzen Gewandes zu öffnen, und meistens war sie bereits beim letzten Knopf angekommen, bevor Sahar öffnete. Wie ein Wirbelwind brach Sumaija in Sahars Wohnung ein und machte ihrem Körper Luft, indem sie das Seidengewand wie einen Sturm aus Staub und schwarzem Qualm hinter sich in die Höhe fliegen ließ. Sahar setzte sich derweil unters Fenster, um ihre morgens aufgezeichneten Erinnerungen zu schützen, stillschweigend, als wollte sie die neuen Szenen, die sich gerade in ihrer Phantasie eingenistet hatten, fest verankern. Auch Sumaija sagte in stillschweigender Übereinkunft nichts, damit Sahar ihre Gedanken in aller Ruhe zu Ende sortieren konnte.

Wie jeden Donnerstag kam darauf Hadscha Marjam ins Haus, um einige Verse aus dem Koran zu rezitieren und die beiden mit Lektionen in Koraninterpretation und islamischem Recht zu überschütten. Das Reden über die Pilgerfahrt, den Schleier und die Kenntnis der Religion waren die stärksten Argumente dafür, warum Marjam als Hadscha bezeichnet wurde, denn sie selbst trug keinen Schleier, ihre Worte hatten mit Religion nur wenig zu tun und die Erfahrung einer Pilgerfahrt hatte sie in ihrem ganzen Leben nicht gemacht, weshalb sie eigentlich einen vollkommen anderen Eindruck vermittelte. Dies war auch der Grund, warum sich Sahar und Sumaija stets ermutigt fühlten, ihr mit einer Leidenschaft für Schönheit und nicht für Religion zu lauschen. Mit ihrem glänzenden dichten Haar nahm sie die beiden gefangen und bahnte sich mithilfe der Gesten ihrer schmalen ebenmäßigen Hände mühelos einen Weg in ihre Phantasie. Mit ihren ausgewogenen und selbstsicheren Worten verschlang sie ihre Augen – und das für dreihundert Lira pro Kopf. Weil Mahmûd sich anfangs geweigert hatte, diesen Betrag zu zahlen, hatte Sahar ihn so lange mit den Qualen im Jenseits verfolgt, bis er schließlich nachgegeben hatte.

Marjam war Witwe, die nach dem Tod ihres Mannes nicht wieder geheiratet hatte. Die religiösen Unterweisungen vertrieben ihr die Einsamkeit und sicherten ihr ein bescheidenes Auskommen. Die Nachbarinnen scheuten allerdings nie davor zurück, sich den Mund darüber zu zerreißen, warum Marjam sich standhaft weigerte, eine zweite Ehe einzugehen. Eine glaubte, Marjam unterhalte eine Affäre mit einem wohlhabenden Händler aus dem Hamidîja-Suk, der sie aus Angst um seinen Ruf im Suk nicht heiraten wolle, weil der Vater seiner Frau einer der größten Exporteure orientalischer Kostbarkeiten sei. Eine andere erzählte, sie habe Marjam in der Gegend von Bludân in Begleitung eines Offiziers gesehen. Sahar jedoch riss die Erzählungen der Nachbarinnen in Stücke und schüttelte beständig den Staub vom Bild der heiligen Marjam in ihrem Kopf.

Wie gewöhnlich holte die Hadscha drei Gebetsketten aus ihrer Lederhandtasche, deren Perlen ihr Bruder im Gefängnis gefertigt hatte, und gemeinsam machten sie sich daran, in großer Ehrfurcht Gott zu preisen. Marjam rezitierte jene Koranverse, die ihr leicht über die Lippen kamen, und Sahar und Sumaija sprachen ihr am Ende der Rezitation ein »Gott sprach die Wahrheit« nach. Dann begann das Wasser in der kleinen Küche zu sprudeln und zu wispern, und Sahar bereitete den Kaffee zu, während Sumaija drei Teller Harissa-Süßigkeiten anrichtete, die Mahmûd auf seinem Rückweg aus Homs mitgebracht hatte. Den zweiten Teil der Unterweisung, das Kaffeetrinken, liebte Sahar leidenschaftlich, und jedes Mal beging sie eine große Sünde, indem sie sich von Marjam eine Zigarette stibitzte, nur um danach gleich zum Waschbecken zu eilen und den abscheulichen Geruch, wie Mahmûd sich ausdrückte, abzutöten. Auch wenn er selbst rauchte, behagte es ihm nicht, wenn Sahar qualmte und Männergewohnheiten annahm.

Schließlich schlich sich Sahar an das Ohr der Hadscha heran und ließ ihre schüchternen Fragen hineinregnen. Was ist erlaubt und was verboten? Was hat es mit dem Paradies und was mit der Hölle auf sich? Was ist gut und was ist schlecht? Und Fragen nach all jenen Widersprüchen, deren Zeuge sie an ihrem Fenster wurde. Diesem einzigen Ort in der Wohnung, der Sahar gehörte. Die Wohnung, die ihr womöglich viel vertrauter war als ihr eigener Ehemann Mahmûd.

Wie jeden Donnerstagabend stellte sich Sahar lange vor den Spiegel. Als sie ihre grünen Augen mit schwarzem Kollyrium umrandete, verlor sich das Grün in einem Meer aus Lasterhaftigkeit und Verführung. Ein Kamm aus Knochen zähmte das blonde Haar. Die Wangen wurden leuchtend rot gefärbt, und die vollen Lippen glänzten rötlich-braun. Sie machte sich frei von den Lektionen des Morgens, von dem Verboten und Erlaubt, und dann wurde es ernst. Sie legte ein tiefrotes Tanzkostüm an, das mit klirrendem Schmuck verziert war und an einigen Stellen durch blaue Stoffstückchen ihre weiblichen Formen unterstrich. Vollendet wurde das Bild durch leichte Pumps, die Sahar neun Zentimeter größer machten und noch echter aussehen ließen.

Wie jeden Donnerstagabend legte sich Mahmûd, vor Sehnsucht schier vergehend, aufs Ehebett. Mit einer Leidenschaft, die nur von Ungeduld getrübt war, verschlang er eine Zigarette nach der anderen und kaute in Erwartung der donnerstäglichen Vereinigung gierig Gurken- und Möhrenstückchen.

Wie jeden Donnerstag dröhnte die Kassette mit billigen orientalischen Schlagern. Mit einstudierten Bewegungen ließ Sahar ihre Hüften außer Rand und Band geraten und ihre schweißbedeckte Brust erbeben. Sahar schloss die Augen, sie tauchte ein in eine Welt ungewohnter Hemmungslosigkeit, und erst wenn die Geduld ihres Mannes ein Ende gefunden hatte und die Party vorbei war, öffnete sie die Augen erneut.

»Ist unzüchtiges Verhalten verboten, Hadscha?«

»Nein, vor dem Ehemann ist es das nicht.«

Neuntes Detail

محمد

Mohammed

Mohammeds Luxuskarosse bahnte sich zwischen Damaskus und Beirut ihren Weg durch den starken Verkehr. Eigentlich war es nicht besonders schwierig für Mohammed, sich durch die dicht an dicht fahrenden Autos zu schlängeln, denn kaum tauchte sein funkelndes Fahrzeug im Rückspiegel der anderen Wagen auf, wichen die Fahrer zur Seite und machten ihm Platz, damit er ungestört an ihnen vorbeifahren konnte. Dieses Fahrzeug war wie ein vertrautes Heim, in dessen Eingeweiden Mohammed lebte … zwischen den harten funkelnden Eisenrippen, im Echo des Lärms des gewaltigen feingliedrigen Motors. Der Geruch der frischen Ledersitze versetzte ihn in einen Rausch und machte ihn fast trunken. Er strich mit seinen schmalen Fingern über das weiche Lenkrad aus Holz und erzitterte vor Glück. Selbst den hölzernen Schaltknüppel berührte er bewundernd und hatte das Gefühl, sein Leben verlaufe, je nachdem, schnell oder langsam, es verdichte sich und versammele sich in all seinen Details in diesem Motor.

An jenem Morgen hatte der Wecker um sechs Uhr geschrillt. Mohammed hatte die Augen geöffnet und versucht, sein Gedächtnis anzukurbeln. Er erinnerte sich, dass die Straße von Damaskus nach Beirut auf ihn wartete, lang und breit wie sie war. In ihrer schreckenerregenden Modernität. Mit dem Leuchten, das sein prächtiger Wagen in den Augen seiner armseligen Taxifahrerkollegen hinterlassen würde. Er dachte an jene magische Strecke, die das schwermütige Damaskus von der lärmenden, lebensfrohen und farbenfreudigen Stadt Beirut mit den appetitlichen nackten Körpern trennte. Er sprang von der am Boden liegenden Schaumstoffmatratze auf und verließ in aller Eile das vom Schlafgeruch muffige enge Zimmer. Weil die Dunkelheit ihn blind machte, trat er seiner Frau aufs Bein, so dass sie erwachte. Vor lauter Eifer strauchelte er dann auch noch und fiel auf eines seiner sechs Kinder, die sich auf drei dünnen Schaumstoffmatten drängten. Er verfluchte Gott und bat Ihn um Verzeihung. Dann beschimpfte er seine Frau, entschuldigte sich bei ihr jedoch nicht, und schließlich verließ er in aller Eile das enge, vom Schlafgeruch geschwängerte, vom Schnarchen erfüllte Zimmer, in dem der Atem wie verwesende Leichen aufeinandergeschichtet war.

Infolge der jüngsten Krisen waren die Fahrzeuge auf der Straße zwischen Damaskus und Beirut einander ebenbürtig geworden; es gab keinen Unterschied mehr zwischen Taxis und schäbigen, mit Gemüse und Lebensmitteln beladenen Lastern und teuren Privatautos. Nur der »Bie Emm Dabbelju«, den Mohammed chauffierte, war anders als die anderen Autos. Denn seine durch die enormen Ausmaße gnadenlos anmutende Karosserie war beeindruckend. Die gefällige glänzende Farbe erregte Neid, der von der am Rückspiegel hängenden blauen Perle aufgesogen wurde. Der durch den dichten Verkehr hervorgerufene Druck lastete nicht schwer im Fond des Wagens, denn die Klimaanlage ließ den Innenraum beinahe wie ein kaltes, aber nicht lästiges Marmorstück erscheinen. Die Ausmaße wirkten geradezu irreal, und die Ledersitze konnten in alle Richtungen geneigt und verstellt werden, um sie den Beugungen und Streckungen des Körpers anzupassen.

An jenem Morgen verließ Mohammed also das von Schlafgeruch erstickende Zimmer. Er kleidete sich in aller Eile an und vergaß vor lauter Freude und Begeisterung sogar das Kaffeetrinken. Er lief auf die unasphaltierte Gasse, in der sich Unrat, Fliegen und verdreckte Katzen tummelten. Das Auto trotzte all dem, verteidigte seine Kraft gegen die ekelerregenden Gerüche, die ein Gefühl von Übelkeit hervorriefen. Es war das erste Mal, dass das Auto die Nacht über draußen verbracht hatte, in seiner Nähe, genau gegenüber seinem Schlafzimmerfenster. Abîr hatte es gestern Abend so von ihm verlangt, weil sie in aller Frühe nach Beirut aufbrechen wollte, um den ganzen Tag dort shoppen zu gehen. Auf der Straße, die das Palästinenserlager Dscharamâna mit dem westlichen Villenviertel in Mezzeh verbindet, war kaum Verkehr, denn die Schulen waren noch geschlossen und die Angestellten gingen normalerweise nicht so früh zur Arbeit. Deshalb waren nur wenige gelbe Taxis und Busse unterwegs, die die Straße mit Qualm und Schmutz verpesteten. An jenem Morgen kam es Mohammed vor, als gehörte die Straße ihm, genauso wie die Ampeln und die noch müden Polizisten. Sogar das prachtvolle Fahrzeug, so schien es ihm, gehörte ihm und er gehörte dem Fahrzeug.

Er parkte das Auto vor dem Gebäude von Madame Abîr. Aus dem Kofferraum holte er einen grünen Lappen und ein Fensterputzmittel heraus und begann zu sprühen und zu wischen und zu sprühen und zu wischen. So ging es, bis der Duft des Parfums, das gerade in die Poren von Abîrs Körper eindrang, seine Träume wachrief. Er eilte zur hinteren rechten Wagentür, verneigte sich vor ihr, öffnete die Tür und wartete, bis sie sich hingesetzt hatte, dann schloss er die Tür ganz sachte. Danach eilte er zur vorderen Tür, seiner Tür, und warf sich auf den Sitz, womit er den Beginn einer langen, aber vergnüglichen Reise ankündigte.

Abîr forderte ihn auf, die Morgen-CD von Fairuz einzulegen und die Musik ein bisschen leiser zu stellen, ein bisschen lauter, noch ein bisschen, ja, genau so. Madame Abîr war in voller Montur. Eine elfenbeinfarbene Hose, die aus ihrem ausladenden Po wegen des wabbeligen Fleisches eine unförmige Masse machte. Ein grell rosafarbener Baumwollpullover, über dem eine elfenbeinfarbene Jacke mit langen Ärmeln lag. Ein rosafarbener Schal, auf dem auf beiden Seiten »Christian Dior« gedruckt stand, war akkurat um den Kopf gebunden. Auch ihre Handtasche war von Christian Dior, und auch sie war rosa und mit kleinen elfenbeinfarbenen Blumen verziert. Abîr steckte ihre Hand in ihre Handtasche und holte ihren Ausweis heraus und die Papiere des Autos, das ihr Mann ihr geschenkt hatte – nicht zum Muttertag und nicht zum Geburtstag und auch nicht zu ihrem Hochzeitstag, sondern ganz einfach so, ohne jeden Anlass.

Mohammed suchte ihre Augen, die hinter einer riesigen Sonnenbrille versteckt waren, die durch den Namen »Dior«, der in goldenen Lettern mit größter Dreistigkeit auf beiden Seiten hervorprangte, noch größer wirkte. Fassungslos schaute er in den Rückspiegel. Er betrachtete ihr Gesicht, das mit einem zarten Make-up überzogen war, welches womöglich auch von Dior war, wer weiß. Immer wieder versetzte Abîr ihn in Erstaunen. Ihre Kleidung, ihre Taschen, ihr Kopftuch, der mit glitzernden Diamanten besetzte

Schmuck auf ihrer Brust, an Fingern und Handgelenken. Sie verzauberte ihn mit ihrer herrischen Autorität. Wenn sie ihm befahl, schneller oder langsamer zu fahren, Sâbir Al-Rubâi oder Kâzim Al-Sâher gegen Fairuz auszutauschen oder die Klimaanlage höher oder niedriger zu stellen, schwang immer eine gewisse Überheblichkeit mit. Sie sprach in einem schroffen, strengen Ton mit ihm. Sie sprach mit ihm, ohne ihm in die Augen zu blicken. Doch an jenem Tag hatte Mohammed sich fest vorgenommen, all diesen Schmerz zu ertragen, um seinen Traum zu leben und zu nähren, um sein Schicksal mit der Geschwindigkeit des neuen Autos zu steuern, um sein Bedürfnis zu befriedigen, privilegiert zu sein, und sei es auch nur ein einziges Mal in seinem Leben, um die Eifersucht und den Neid in den Augen seiner Taxikollegen aufblitzen zu sehen.

Eine Dreiviertelstunde verging. Sie verging schnell. Dann tauchte der syrische Duty-free-Shop mit seinem riesigen hässlichen Gebäude auf, und Abîr befahl ihm in gewohnt schroffem Ton anzuhalten. Mohammed stoppte, seine Augen sprühten vor Ergebenheit. Dann forderte sie ihn auf, sie zu begleiten. In aller Eile schaltete er den CD-Player, die Klimaanlage und das Auto ab und stieg verlegen aus. Noch nie in seinem Leben hatte er den Duty-free-Shop betreten. Noch nie hatte einer seiner wohlhabenden Kunden von ihm verlangt, ihn zu begleiten. Mit wohlüberlegten Schritten ging er hinter ihr her. Wenn sie ihren Schritt beschleunigte, tat er es ihr nach. Wenn sie kurz stehen blieb, um ihre staubigen Schuhe abzuwischen, blieb er gleichfalls stehen und wartete auf ein Zeichen, um weiterzugehen. Dann warf er sich plötzlich vor sie, um ihr die Tür zu öffnen, wie er es bei seinen Freunden abgeschaut hatte, die bei respektablen und begüterten Leuten der angesehenen Klassen dienten. Mohammed war es eigentlich nicht gewohnt, hinter seiner Frau herzulaufen und ihr die Wohnungstür aufzuhalten. Normalerweise ging sie hinter ihm, die Augen auf den Boden geheftet. Er war es gewohnt, die Wohnung vor ihr zu betreten, die gemeinsame oder die ihrer oder seiner Familie. Er war es gewohnt, alles von ihr zu verlangen. Die Tasse Kaffee, das Frühstück, das Abendessen, die zwar alte, aber glatt gebügelte Kleidung. Er forderte sie auf, ihm im Bad den Rücken zu massieren und vor dem Schlafen seinen Körper mit dem Gebet für den Propheten zu salben. Er hätte es sich im Leben nicht vorstellen können, dass es auch andersherum möglich wäre. Dass der Mann seine Frau respektierte und nicht umgekehrt.

Abîr ging hinein, und er hinter ihr her. Sie forderte ihn auf, an der Kasse auf sie zu warten. Er heftete seine Augen an ihren Körper, damit sie seinem Blick nicht entschwinde. Möglicherweise würde sie ihn plötzlich brauchen, und so könnte er ihr so rasch wie möglich Folge leisten. Ihm war ein wenig schwindlig, eine Gänsehaut breitete sich von Kopf bis Fuß auf seinem Körper aus. Es war das erste Mal, dass er einen solchen Ort betrat. Die Düfte der Parfüms drangen in seine Atemwege und in seine Blutbahnen ein. Eine aufreibende Mischung aus magischen Gerüchen machte ihn trunken und kitzelte die Poren der Entbehrung, die sich in einigen Winkeln seines Körpers gesammelt hatten. Die Wohlgerüche zogen ihn an und begannen an seinen Nerven zu zerren. Sie wetteiferten darin, in seine Eingeweide vorzudringen. Sogar die Wohlgerüche liebten dieses Erstaunen, das sich auf das Antlitz eines unwissenden und unter Entbehrung leidenden Menschen legte. Sie liebten es leidenschaftlich, mit den Schlägen seines Herzens zu spielen und seine Gefühle in Verwirrung zu versetzen, die keine Worte für Luxus kannten.

Plötzlich kam Mohammed wieder zu sich und schaute sich nach Abîr um. Sie verbreitete eine Atmosphäre von lautstarker Lasterhaftigkeit. Sie erkundigte sich nach irgendeinem Parfüm, um dann ihren Unwillen kundzutun, weil ihr Lieblingsparfüm an diesem mondänen Ort nicht mehr vorrätig war. Sie schrie der Verkäuferin ins Gesicht, dass Luxus eben nicht zu den hinterwäldlerischen Bewohnern dieses Landes passe. Sie verlangte einen Lippenstift der Marke »Guerlain«, und als er ihr gefiel, kaufte sie ihn in allen Farben. Sie fragte nach dem modernsten Mascara, den die Schönheitsexperten entwickelt hatten, und wählte drei verschiedene in unterschiedlichen Farben aus. Ihr gefiel ein Armreifen aus dünnem italienischen Gold, und deshalb suchte sie durch die Schaufensterscheibe hindurch, die eine Reinigungskraft ihr sogleich geflissentlich sauber wischte, nach einer Kette, die zum Armreifen passte. Dann entdeckte sie eine große Uhr aus purem Gold mit Armband aus echtem Leder und kaufte sie. Eine geschlagene Stunde lang wanderte sie durch den Duty-free-Shop, von Ost nach West und von Süd nach Nord. Sie durchstreifte alle Winkel und betrachtete die Parfümflakons und die Make-up-Döschen, die penibel auf den gläsernen Regalböden aufgereiht waren.

Nach genau einer Stunde rief Abîr ihn zu sich. Er spurtete los, seinen Schwindel und sein Staunen ignorierend, die er wohl sein ganzes Leben lang nicht vergessen würde. Genau hinter ihr blieb er stehen, nur eine kleine Distanz trennte ihn von ihr, die vollgestopft war mit Macht, Geld und Schroffheit. Die Kassiererin packte ihr den Einkauf in große Tüten, und dann passierte die größte Katastrophe seines Lebens, als die Kassiererin sagte: »Nur tausend Dollar, Madame.« Mohammed geriet ins Wanken. Ihm war, als würde er ersticken. Seine Brust wurde enger und schmaler. Doch was die Sache für ihn noch schlimmer machte, war, dass Madame Abîr keinerlei Erstaunen oder Verwunderung an den Tag legte. Sie überreichte der Frau die tausend amerikanischen Dollar, genau wie wenn Mohammed seiner Frau zweihundert syrische Pfund gab, damit sie den Kindern nach der Schule ein Mittagessen auftischen konnte.

Mohammed schleppte die großen, schweren Tüten und verstaute sie im Kofferraum. Dann öffnete er die hintere Wagentür, und als er sah, dass Madame Abîr bequem saß und ihre stämmigen Beine vollständig im Wagen verstaut waren, schloss er behutsam die Tür. Er erinnerte sich noch gut an den ersten Tag, an dem er für Madame gearbeitet und die Tür so impulsiv zugeknallt hatte, wie er es immer zu tun pflegte. Abîr hatte geschrien, dass die Tür des Autos so viel wert sei wie seine Wohnung und die Wohnung seiner Familie und seiner ganzen Verwandtschaft zusammen. Und dass die Tür ihres fragilen Autos es nicht ertrage, wie die Tür seiner alten heruntergekommenen Baracke behandelt zu werden. Seit jenem Tag hatte Mohammed sein verwerfliches Verbrechen niemals wiederholt. Seine Hand wurde zart, seine Stimme weich und erfüllt von Gehorsam, seine Blicke artig und schüchtern, sein Verhalten respektvoll und zivilisiert, und vor Angst, die Zivilisiertheit und Arroganz Abîrs zu verletzen, setzte er sogar alles daran, trotz der verfluchten Erkältung seinen Rotz nicht aus der Nase laufen zu lassen.

Schließlich tauchte Beirut wie ein vor Vitalität und Begierde entflammter Block vor ihnen auf. Die modernen Brücken und Tunnel grenzten unmittelbar an die von Schüssen durchlöcherten und vollkommen zerstörten Gebäude. Die vor einigen Jahren errichteten Häuser barsten geradezu vor hübschen Farben und ungewohnter Wärme. Mohammed wäre gern einige Jahre früher mit diesem Auto nach Beirut gekommen, vor dem Abzug der Syrer aus dem Land. Dann hätten die argwöhnischen Blicke ihn mit Glück und Kraft überhäuft. Weil nämlich das Auto mit dem syrischen Nummernschild ein Privileg gewesen wäre, da nur eine kleine Schicht von syrischen Touristen in Beirut ein solches Fahrzeug besaß. Doch das verrückte Schicksal hatte dieses Privileg nun in Misstrauen und in ein keineswegs harmloses Abenteuer verwandelt. Denn ein Syrer zu sein, der ein solches Auto besaß, bedeutete notwendigerweise, zu den Regimenahen zu gehören, zu jenen, denen man wohlgesonnen war, die nicht ihrem Zorn verfallen waren und irregingen. Das Schicksal indes hatte es gewollt, dass Mohammed von dieser Gnade ausgeschlossen blieb, wie er von allen Details ausgeschlossen wurde, die irgendetwas mit Menschlichkeit zu tun haben. Es waren Jahre vergangen, in denen Mohammed auf der Strecke Damaskus–Beirut gearbeitet hatte, ohne dass er sich sein eigenes Auto hätte kaufen können. Eine Ewigkeit war vergangen, in der Mohammed alle möglichen Berufe ausgeübt hatte, Busfahrer, Taxifahrer, Betonarbeiter, Putzmann und alles, was man sich nur vorstellen kann. Und von Tag zu Tag waren seine Träume größer geworden. Er hatte davon geträumt, die Baracke, in der er mit seiner Frau und den Kindern hauste, gegen eine richtige Wohnung auszutauschen, in die zumindest durch ein Fenster die Sonne scheinen würde. Dann hatte sich das Auto in seine Träume geschlichen, denn der Besitz eines Autos würde ihm die Arbeit erleichtern und den Gewinn vergrößern. Danach hatte er davon geträumt, seinen sechs Kindern ein anständiges Leben zu ermöglichen. Und jetzt gab er den Traum vom anständigen Leben und vom Auto und der Wohnung auf, und sein größter Traum, der sich verwirklichen sollte, bestand nur noch darin, nach einem anstrengenden Tag, voller Erschöpfung und mit Schweiß benetzt, abends nach Hause zu kommen, jeden Abend.

Nachwort der Übersetzerin

Kann Literatur die Welt verbessern? Ganz sicher nicht! Aber sie kann sie erklären. Sie kann Entwicklungen nachzeichnen und Zusammenhänge sichtbar machen, für die im schnelllebigen Medienalltag kein Platz ist. Denn gute Literatur ist das genaue Gegenteil einer Nachricht: Sie entsteht in einem gewissen Abstand zu ihrem Objekt, einem zeitlichen und einem räumlichen. Sie beobachtet, analysiert, sie nimmt sich Zeit und sie hat eine lange Geltungsdauer.

Genau das trifft auf die Literatur von Dima Wannous zu.

In politischen Systemen, in denen die Menschen durch diktatorische Herrschaftsformen und patriarchalische Gesellschaftsordnungen geknebelt sind, in denen die freie Meinungsäußerung verboten ist und sich die Ideologie einer über Jahrzehnte hinweg regierenden Partei in alle politischen wie gesellschaftlichen Institutionen gefressen hat und Angst verbreitet, kann

Literatur genau das: Zusammenhänge sichtbar machen.

Die Geschichten von Dima Wannous erschienen bereits vier Jahre vor dem Ausbruch der syrischen Revolution, aber wer sie heute liest, kann ohne weiteres nachvollziehen, warum es früher oder später zu einem Aufbäumen der Gesellschaft kommen musste. Von einem der Protagonisten, Fuâd, wird die Revolution sogar als Möglichkeit vorweggenommen, wenn er in einer Rede an seine Untergebenen sagt: »Wissen Sie eigentlich, meine Lieben, dass die Armen der Welt am ehesten fähig sind, Veränderungen zu bewirken? Wissen Sie, dass die wichtigsten Revolutionen, die zu einer Veränderung in der Welt geführt haben, von den Armen gemacht wurden?« Tatsächlich wurde der Aufstand, der im März 2011 in der Stadt Deraa im Süden Syriens losbrach, von den Armen, den Verlierern der wirtschaftlichen Öffnungspolitik Baschar Al-Assads initiiert. Sie waren es, die ein Ende der in Dima Wannous' Geschichten so präzise beschriebenen Korruption und Ausgrenzung forderten, die für gesellschaftliche Teilhabe und ein Leben in Würde und Freiheit auf die Straße gingen.

Doch genauso, wie Fuâd für seinen Willen nach Wandel und Veränderung seines Postens enthoben wird, genauso scharf reagierte das Regime, aus Angst, die Massen auf der Straße könnten seine auf Ewigkeit angelegte Herrschaft erschüttern: Es schickte Militär und Sicherheitskräfte los, um auf die unbewaffneten Demonstranten zu schießen, und erst nachdem zahlreiche Tote zu beklagen waren, wurde der Ruf nach einem Regimesturz laut.

Die Protagonisten in Dima Wannous' Geschichten sind, wie die Autorin im Vorwort schreibt, typisch syrisch. Gleichzeitig tragen sie aber auch universelle Züge, und deshalb haben wir es hier mit großer Literatur zu tun. Dima Wannous dringt in die Gesellschaft ein, seziert sie, deckt die Klassenunterschiede auf und lässt den Leser verstehen, wie ein von Korruption und Geheimdiensten beherrschter Staat zwangsläufig gestörte Persönlichkeiten und Beziehungen hervorbringt. Es ist ein täglicher Überlebenskampf, der dem Individuum seine Persönlichkeit raubt und in dem Freiheit nur als Utopie existiert.

Aber nicht nur in das gesellschaftliche Gefüge Syriens, auch in die Sprache dringt die Autorin ein, macht sie sich auf eine ganz eigene Art gefügig, um die Gedankenwelt der Figuren vor uns auszubreiten. Ihre Worte sind sorgfältig überlegt, die Sätze markant, die gewählten Bilder mitunter ungewöhnlich. Ganz genau schaut sie auf Kleinigkeiten, auf Details im Alltag und Verhalten ihrer Protagonisten, was zum arabischen Titel *Tafâsîl*, »Details«, führte.

Um den Text für die deutschen Leser durch die bisweilen auch für arabisches Empfinden sehr eigenwillige Sprache und Metaphern nicht zusätzlich allzu fremd erscheinen zu lassen und von der eigentlichen Bedeutung der Geschichten abzulenken, versucht die Übersetzung, dem deutschen Leseverständnis um der besseren Lesbarkeit willen ein ganz klein wenig entgegenzukommen. Dies wurde durch kurze erklärende Einschübe oder durch etwas eingängigere Bilder und Formulierungen versucht.

Larissa Bender

Glossar

Al-Muatasim-bi-llâh – achter Kalif der Abbasiden

Al-Safîr und *Al-Nahâr* sind libanesische Tageszeitungen, *Al-Hayât* erscheint in London und ist saudiarabisch finanziert.

Frike – grüner, geräucherter Weizen

Hadscha – eigentlich eine Frau, die die islamische Pilgerfahrt absolviert hat, wird aber auch respektvoll für ältere Frauen benutzt

Hâtim Al-Taai – ein berühmter Poet aus vorislamischer Zeit und bekannt für seine Großzügigkeit

In der Schlacht bei *Hittîn* (zwischen Akkon und dem See Genezareth) vom 4. Juli 1187 wurde den Kreuzfahrern eine empfindliche militärische Niederlage beigebracht.

Mansaf – Gericht mit Lammfleisch, meist Erbsen und Mandeln

In der Schlacht von *Maysalûn* standen sich am 23. Juli 1920 syrische und französische Truppen bei der Stadt Maysalûn, etwa zwölf Kilometer westlich von Damaskus, gegenüber.